CODINOME VILLANELLE

LUKE JENNINGS

CODINOME VILLANELLE

TRADUÇÃO
Leonardo Alves

1ª reimpressão

Publicado originalmente como e-books independentes: *Codename Villanelle, Hollowpoint, Shanghai* e *Odessa.*

Grafia atualizada segundo o Acordo Ortográfico da Língua Portuguesa de 1990, que entrou em vigor no Brasil em 2009.

Título original
Codename Villanelle

Capa
Eduardo Foresti/ Foresti Design

Foto de capa
Shutterstock

Preparação
Natália Pacheco de Souza

Revisão
Renata Lopes Del Nero
Isabel Cury

Dados Internacionais de Catalogação na Publicação (CIP)
(Câmara Brasileira do Livro, SP, Brasil)

Jennings, Luke
Codinome Villanelle / Luke Jennings ; tradução Leonardo Alves. — 1ª ed. — Rio de Janeiro : Suma, 2020.

Título original: Codename Villanelle.
ISBN 978-85-5651-093-8

1. Ficção inglesa I. Título.

20-33895 CDD-823

Índice para catálogo sistemático:
1. Ficção : Literatura inglesa 823

Cibele Maria Dias – Bibliotecária – CRB-8/9427

[2022]

EDITORA SCHWARCZ S.A.
Praça Floriano, 19, sala 3001 — Cinelândia
20031-050 — Rio de Janeiro — RJ
Telefone: (21) 3993-7510
www.companhiadasletras.com.br
www.blogdacompanhia.com.br
facebook.com/editorasuma
instagram.com/sumadeletras_br
twitter.com/Suma_BR

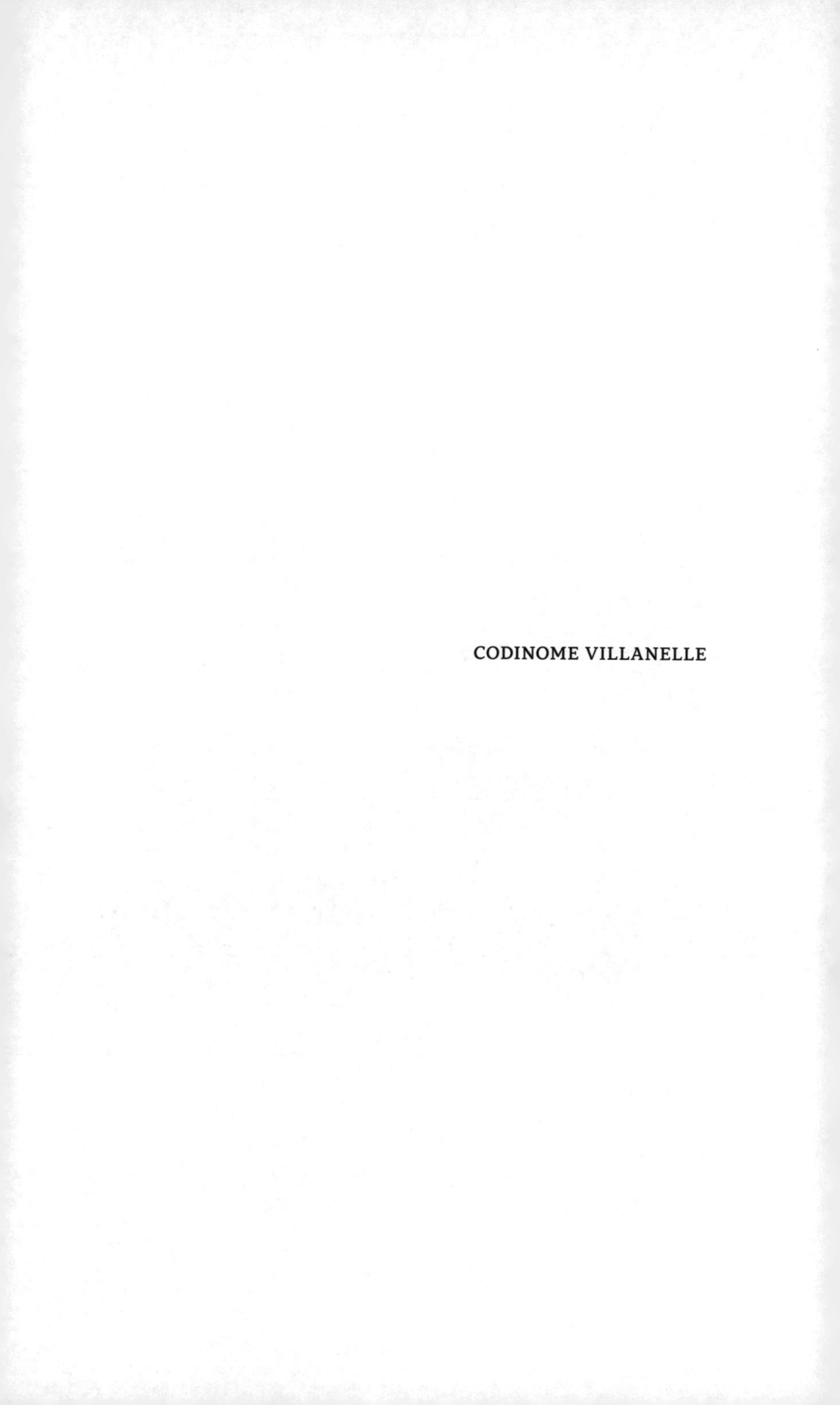

CODINOME VILLANELLE

1

O Palazzo Falconieri se ergue em um promontório em um dos menores lagos da Itália. É fim de junho, e uma brisa suave acaricia os pinheiros e ciprestes que se postam como sentinelas ao longo da saliência rochosa. Os jardins são imponentes, e talvez até bonitos, mas as sombras intensas passam um ar hostil, que é reforçado pelos traços rígidos do Palazzo propriamente dito.

A construção é virada para o lago, com janelas altas nas quais se pode ver cortinas de seda. A ala leste foi um salão de banquetes no passado, mas agora é usada como sala de reuniões. No centro, sob um candelabro art déco pesado, há uma mesa comprida com uma pantera de Bugatti em bronze.

À primeira vista, os doze homens sentados em volta da mesa parecem normais. Bem-sucedidos, a julgar pelas roupas caras e discretas. A maioria tem mais ou menos sessenta anos e o tipo de rosto que qualquer um esqueceria imediatamente. Mas esses homens exibem um estado de alerta incessante que não é normal.

A manhã é dedicada a discussões, conduzidas em russo e inglês, línguas comuns a todos os presentes. E então um almoço leve — *antipasti*, trutas, vinho *vernaccia* frio, figos e damascos frescos — é servido na varanda. Depois, os doze homens se servem de café, contemplam a superfície do lago agitada pelas brisas e caminham pelo jardim. Não há uma equipe de segurança, porque, nesse nível de sigilo, até seguranças representam um risco. Não demora até os homens voltarem a seus lugares na sala de reuniões obscura. O título da pauta do dia é um simples "EUROPA".

O primeiro a falar é um sujeito de pele bronzeada, idade indefinida e olhos encovados. Ele observa à sua volta.

— Hoje de manhã, senhores, discutimos o futuro político e econômico da Europa. Conversamos, especialmente, sobre o fluxo do capital e sobre a melhor forma de controlá-lo. Agora à tarde, quero tratar com vocês de outra economia. — A sala se escurece, e os doze se viram para o telão na parede norte, que mostra a imagem de um porto no Mediterrâneo, com navios cargueiros e guindastes. — Palermo, senhores, hoje o principal porto de entrada de cocaína na Europa. Resultado de uma aliança estratégica entre os cartéis mexicanos e a máfia siciliana.

— Os sicilianos não são uma força esgotada? — pergunta um homem corpulento à esquerda dele. — Eu tinha a impressão de que hoje em dia o tráfico estava nas mãos das quadrilhas do continente.

— E era assim. Até dezoito meses atrás, os cartéis lidavam principalmente com os 'Ndrangheta, da Calábria, no sul da Itália. Mas, recentemente, começou uma guerra entre os calabreses e os Greco, um clã ressurgente da Sicília.

Aparece um rosto no telão. Os olhos, escuros, frios e observadores. A boca, uma armadilha de aço.

— Salvatore Greco dedicou sua vida a reviver a influência de sua família, que perdeu a posição na estrutura de poder da máfia nos anos 1990, depois do assassinato do pai de Salvatore por um membro dos Matteo, uma família rival. Duas décadas depois, Salvatore perseguiu e matou todos os Matteo que ainda estavam vivos. Os Greco e seus aliados, os Messina, são os clãs mais ricos, poderosos e temidos da Sicília. Sabe-se que Salvatore matou pessoalmente pelo menos sessenta pessoas e que encomendou a morte de centenas de outras. Hoje, aos cinquenta e cinco anos, detém controle absoluto sobre Palermo e o tráfico de drogas. Seus negócios, espalhados pelo mundo, faturam entre vinte e trinta bilhões de dólares. Senhores, ele é praticamente um de nós.

Uma onda sutil de humor, ou algo próximo disso, se expande pela sala.

— O problema de Salvatore Greco não é seu gosto por tortura e assassinato — continua ele. — Quando mafiosos matam mafiosos, é como se fosse um forno autolimpante. Mas, recentemente, ele começou a encomendar o homicídio de membros do establishment. Até o momento, foram dois desembargadores e quatro juízes, todos mortos em carros-bomba, e uma jornalista investigativa, morta a tiros mês passado na porta do apartamento dela. A jornalista estava grávida. O bebê não sobreviveu.

Ele se cala e levanta os olhos para o telão com a imagem da mulher morta, esparramada na calçada em cima de uma poça de sangue.

— Desnecessário dizer que não foi possível estabelecer alguma ligação direta entre Greco e qualquer um desses crimes. A polícia foi subornada ou ameaçada, e testemunhas, intimidadas. O código de silêncio, ou *omertà*, predomina. O homem, para todos os efeitos, é intocável. Há um mês, mandei um intermediário organizar uma reunião com ele, pois eu acreditava que precisávamos chegar a uma espécie de acordo. As atividades dele neste canto da Europa se tornaram tão excessivas que correm o risco de afetar nossos próprios interesses. A resposta de Greco foi imediata. Recebi um pacote lacrado no dia seguinte. — A imagem no telão muda. — Continha, como vocês podem ver, os olhos, as orelhas e a língua do meu enviado. A mensagem foi clara. Nenhuma reunião. Nenhuma conversa. Nenhum acordo.

Os homens em volta da mesa contemplam a cena macabra por um instante e então voltam os olhos para aquele que está falando.

— Senhores, acho que precisamos tomar uma decisão executiva referente a Salvatore Greco. Ele é uma força perigosa e incontrolável que está fora do alcance da lei. Suas atividades criminosas e o caos social que elas provocam põem em risco a estabilidade do setor mediterrâneo. Proponho que ele seja removido permanentemente do jogo.

O homem se levanta da cadeira e vai até um aparador, de onde volta com uma caixa de laca antiga. De lá, ele tira uma bolsa de veludo preto, fechada com barbante, e despeja o conteúdo na mesa à sua frente. São vinte e quatro peixes pequenos de marfim, doze envelhecidos até uma tonalidade amarelo-clara, e doze tingidos de vermelho-sangue. Os homens recebem um de cada.

A bolsa de veludo é passada pela mesa em sentido anti-horário. Quando completa a volta, é devolvida ao homem que propôs a votação. Mais uma vez, o conteúdo da bolsa é despejado na superfície lustrosa e escura da mesa. Doze peixes vermelhos. Uma sentença unânime de morte.

Duas semanas depois, ao entardecer, Villanelle está em uma mesa externa no Le Jasmin, um clube exclusivo no 16º Arrondissement de Paris. Do leste vem o murmúrio do trânsito no Boulevard Suchet, e a oeste ficam o Bois de Boulogne e o hipódromo Auteuil. O jardim do clube é contornado por uma treliça recoberta de jasmins em flor que preenchem o ar quente com seu aroma. A maioria das outras mesas está ocupada, mas as conversas são baixas. A luz se esvai, a noite aguarda.

Villanelle toma um gole demorado de seu martíni com vodca Grey Goose e faz uma discreta observação de seu entorno, reparando particularmente no casal sentado à mesa mais próxima. Os dois têm vinte e poucos anos: ele, cuidadosamente despenteado, e ela, esguia e delicada. São irmãos? Colegas de trabalho? Amantes?

Definitivamente, não são irmãos, decide Villanelle. Há uma tensão entre eles — uma cumplicidade — que não tem nada de fraternal. Mas os dois certamente são ricos. O suéter de seda da mulher, por exemplo, é de um tom dourado-escuro que combina com os olhos dela. Não é novo, mas com certeza é Chanel. E eles estão bebendo Taittinger vintage, que não é barato no Le Jasmin.

Ao perceber o olhar de Villanelle, o homem ergue a taça de champanhe um ou dois centímetros. Ele murmura algo para a companheira, que a encara com um olhar frio e inquisitivo.

— Gostaria de se sentar conosco? — pergunta ela. É tanto um desafio quanto um convite.

Villanelle retribui o olhar, sem piscar. Uma brisa estremece o ar perfumado.

— Não é obrigatório — diz o homem, e seu sorriso torto destoa da calma em seus olhos.

Villanelle se levanta e ergue a taça.

— Eu adoraria. Estava esperando uma amiga, mas ela deve ter tido algum contratempo.

— Nesse caso... — O homem se levanta. — Meu nome é Olivier. E esta é Nica.

— Villanelle.

A conversa se desenvolve de forma bem convencional. Ela descobre que Olivier começou recentemente uma carreira como marchand. Nica trabalha ocasionalmente como atriz. Eles não são parentes, e um olhar mais atento não revela sinais de que sejam amantes. Ainda assim, há algo sutilmente erótico na cumplicidade deles e na maneira como a atraíram.

— Eu trabalho na bolsa de valores — diz Villanelle. — Moedas, juros futuros, essas coisas.

Com satisfação, ela percebe o interesse nos olhos dos dois se apagar imediatamente. Se necessário, é capaz de passar horas conversando sobre pregões, mas eles não querem saber. Então, Villanelle descreve o apartamento térreo bem iluminado onde ela trabalha, em Versalhes. O lugar não existe, mas ela consegue imaginar cada detalhe, dos rolos de ferro fundido na varanda ao tapete persa desbotado no chão. O disfarce dela está perfeito agora, e mentiras, como sempre, proporcionam uma onda de prazer.

— Adoramos seu nome, e seus olhos, e seu cabelo, e adoramos principalmente seus sapatos — diz Nica.

Villanelle ri e mexe os pés, calçados com Louboutins de fitas de cetim. Percebendo o olhar de Olivier, ela reproduz deliberadamente a postura lânguida do homem. Imagina as mãos dele percorrendo seu corpo com propósito e possessividade. Ele a veria, ela supõe, como um belo objeto colecionável. Ele acreditaria estar no controle.

— Qual é a graça? — pergunta Nica, inclinando a cabeça e acendendo um cigarro.

— Vocês — responde Villanelle.

Como seria se deixar levar por aqueles olhos dourados? Sentir aquela boca fumacenta na sua? Ela está apreciando o momento; sabe que tanto Olivier quanto Nica a desejam. Eles acham que estão enrolando-a, e Villanelle vai deixar que pensem assim. Vai ser divertido manipulá-los, ver até onde eles iriam.

— Tenho uma sugestão — diz Olivier, e nesse momento o celular na bolsa de Villanelle começa a piscar.

É uma mensagem de uma palavra só: ESQUIVAR. Ela se levanta, uma expressão vazia no rosto. Lança um olhar para Olivier e Nica, mas, na cabeça dela, os dois já não existem mais. Ela vai embora sem dizer nada e, em menos de um minuto, está no trânsito, seguindo para o norte em sua Vespa.

Faz três anos desde que conheceu o homem que mandou a mensagem. O homem que, até hoje, ela só conhece como Konstantin. As circunstâncias dela, na época, eram muito diferentes. Chamava-se Oxana Vorontsova e estava oficialmente matriculada na Universidade de Perm, no interior da Rússia, como estudante de francês e linguística. Suas provas finais aconteceriam dali a seis meses. Mas era improvável que ela pudesse comparecer para prestar os exames na universidade, já que estava detida em outro lugar desde o outono anterior — especificamente no centro de detenção para mulheres em Dobryanka, nos Urais. Acusada de assassinato.

* * *

É um trajeto curto, uns cinco minutos, do Le Jasmin até o apartamento de Villanelle, perto da Porte de Passy. O edifício dos anos 1930 é grande, escondido e silencioso, e tem uma garagem subterrânea bem protegida. Depois de estacionar a Vespa ao lado de seu carro, um Audi TT Roadster prata veloz e discreto, Villanelle vai de elevador até o sexto andar e sobe um lance curto de escada para chegar ao seu apartamento na cobertura. A porta, embora tenha a mesma fachada das outras do prédio, é de aço reforçado, e o sistema de trava eletrônica é personalizado.

Por dentro, o apartamento é confortável, espaçoso e até um pouco bagunçado. Konstantin deu as chaves e a escritura para Villanelle há um ano. Ela não faz a menor ideia de quem morava ali antes, mas o lugar já estava totalmente mobiliado quando se mudou, e, considerando que os lustres e acabamentos são de décadas atrás, ela imagina que tenha sido alguém de idade. Sem interesse pela decoração, ela deixou o apartamento do mesmo jeito que o recebeu, com as paredes verde-água e azul-royal dos cômodos e os quadros pós-impressionistas banais.

Ela não recebe visitantes ali — suas reuniões profissionais são feitas em cafés e parques públicos, e seus contatos sexuais geralmente acontecem em hotéis —, mas, se viesse algum, o apartamento sustentaria cada detalhe de seu disfarce. No escritório, o computador, um modelo inox fino de última geração, é protegido por um software civil de segurança que um hacker semicompetente conseguiria invadir rapidamente. Mas o conteúdo não revelaria muito mais que os detalhes da vida de uma operadora de pregão bem-sucedida, e o conteúdo da pasta de arquivos também é pouco comprometedor. Não há um aparelho de som. Para Villanelle, música é, na melhor das hipóteses, uma irritação inútil e, na pior, um perigo mortífero. O silêncio é seguro.

* * *

As condições no centro de detenção eram indescritíveis. A comida era praticamente intragável, o saneamento, inexistente, e um vento gelado brutal vindo do rio Dobryanka penetrava cada canto miserável da instituição. Qualquer mínima infração das regras resultava em um período prolongado de *shiza*, ou confinamento em solitária. Fazia três meses que Oxana estava lá quando a mandaram sair da cela, ir sem explicação até o pátio da prisão e entrar em um ATV maltratado. Duas horas depois, nas entranhas do *krai* de Perm, o motorista parou perto de uma ponte que atravessava o rio congelado Chusovaya e, sem falar nada, indicou que ela fosse para uma cabana baixa pré-fabricada, ao lado de um Mercedes preto com tração nas quatro rodas. Dentro da cabana, havia espaço apenas para uma mesa, duas cadeiras e um aquecedor à base de parafina.

Um homem que usava um casaco pesado e cinza estava sentado em uma das cadeiras e, a princípio, limitou-se a encará-la. Observou o uniforme puído da cadeia, o rosto emaciado, a postura de desafio taciturno.

— Oxana Borisovna Vorontsova — disse ele, enfim, consultando um papel que estava na mesa. — Idade, vinte e três anos e quatro meses. Acusada de homicídio triplo qualificado.

Ela esperou, olhando para um pequeno quadrado de floresta nevada do outro lado da janela. O homem tinha uma aparência razoavelmente comum, mas ela percebeu logo que não era alguém que poderia ser manipulado.

— Daqui a quinze dias, você vai a julgamento — continuou ele. — E será considerada culpada. Não há outro resultado possível e, em tese, você pode ser condenada à morte. Na melhor das hipóteses, vai passar os próximos vinte anos da sua vida em uma colônia penal que vai fazer Dobryanka parecer um resort.

O olhar dela continuou inexpressivo. O homem acendeu um cigarro, uma marca importada, e ofereceu um para ela. Aquilo teria rendido uma porção extra de comida por uma semana no centro de detenção, mas Oxana recusou com um movimento quase imperceptível de cabeça.

— Três homens foram encontrados mortos. Um com um talho no pescoço que chegava até o osso e dois com ferimentos de bala no rosto. Não é exatamente o que se espera de alguém no último período de linguística na principal universidade de Perm. A menos que, talvez, ela por acaso seja filha de um instrutor de combate corpo a corpo da Spetsnaz. — Ele tragou o cigarro. — Baita reputação a dele, sargento Boris Vorontsov. Mas não serviu de nada quando se desentendeu com os gângsteres para quem ele fazia bicos. Uma bala nas costas, abandonado para morrer na rua feito um cachorro. Um fim nada digno para um veterano condecorado de Grozny e Pervomayskoye.

Ele tirou de baixo da mesa um cantil e dois copos de papel. Serviu devagar, para que o ar frio ficasse carregado com o aroma de chá forte. Empurrou um dos copos para ela.

— O Círculo dos Irmãos. Uma das organizações criminosas mais violentas e cruéis da Rússia. — Ele balançou a cabeça. — Em que exatamente você estava pensando quando decidiu executar três capangas deles?

Ela desviou o olhar, com uma expressão de desdém no rosto.

— Ainda bem que a polícia encontrou você antes dos Irmãos. Caso contrário, não estaríamos conversando agora. — Ele soltou a guimba do cigarro no chão e a esmagou com o pé. — Mas preciso admitir que foi um trabalho bem eficiente. Seu pai lhe ensinou bem.

Ela deu mais uma olhada nele. Cabelo escuro, estatura mediana, cerca de quarenta anos. O olhar era firme, e sua expressão era quase, porém não exatamente, compassiva.

— Mas você ignorou a regra mais importante de todas. Você foi pega.

Ela experimentou um gole do chá. Estendeu a mão por cima da mesa, pegou um dos cigarros e o acendeu.

— Então, quem é você?

— Alguém com quem você pode falar à vontade, Oxana Borisovna. Mas, antes, confirme por favor se o seguinte é verdade. — Ele tirou do bolso do casaco umas folhas dobradas de papel. — Sua mãe, que era da Ucrânia, morreu quando você tinha sete anos, de câncer na tireoide, quase certamente como consequência da radiação do desastre no reator de Tchernóbil doze anos antes. Três meses depois da morte da sua mãe, seu pai foi transferido para a Chechênia, quando você foi acolhida temporariamente pelo Orfanato Sakharov, em Perm. Você passou dezoito meses no orfanato, e nesse período os encarregados de lá perceberam seu desempenho acadêmico excepcional. Também identificaram outras características, como o hábito de urinar na cama e uma incapacidade quase absoluta de se relacionar com outras crianças.

Ela exalou fumaça, um jato longo e cinzento no ar frio, e tocou uma cicatriz no lábio superior com a ponta da língua. O gesto, como a cicatriz, foi praticamente imperceptível, mas o homem do casaco viu e tomou nota.

— Quando você tinha dez anos, seu pai foi transferido de novo, dessa vez para o Daguestão. Você voltou para o Orfanato Sakharov, onde, depois de três meses, foi flagrada ateando fogo ao dormitório, e a internaram na ala psiquiátrica do Hospital Municipal Número 4, em Perm. Contrariando as recomendações do terapeuta, que a diagnosticara com transtorno de personalidade antissocial, você foi morar com seu pai de novo. No ano seguinte, começou seus estudos na escola de ensino médio de Industrialny. Ali, mais uma vez, você se destacou por seus resultados acadêmicos, particularmente seus conhecimentos linguísticos, e mais uma vez foi observado que você não tentava fazer amizades nem estabelecer relacionamentos. Na verdade, consta que você se envolveu em, e suspeita-se que tenha instigado, uma série de incidentes violentos.

"Contudo, formou um vínculo com uma srta. Leonova, sua professora de francês, e ficou extremamente agitada quando descobriu que ela havia sido alvo de uma agressão sexual grave enquanto esperava um ônibus certa noite. O suposto agressor foi preso, mas acabou solto por falta de provas. Seis semanas mais tarde, ele foi encontrado no meio do mato perto do rio Mulyanka, desorientado pelo choque e pela perda de sangue. Ele foi castrado com uma faca. Os médicos conseguiram salvá-lo, mas a pessoa que o atacou nunca foi identificada. Na época desses incidentes, você estava em vias de fazer dezessete anos."

Ela esmagou o cigarro com o pé.

— Essa conversa vai a algum lugar?

Ele quase sorriu.

— Eu poderia citar a medalha de ouro que você ganhou por tiro ao alvo, nos Jogos Universitários de Ecaterimburgo, em seu primeiro ano de graduação.

Ela encolheu os ombros, e ele se inclinou para a frente.

— Cá entre nós. Aqueles três homens no Pônei Clube, qual foi a sensação quando você os matou?

Ela o encarou com uma expressão neutra.

— Tudo bem, hipoteticamente. O que você teria sentido?

— Na época, eu poderia ter me sentido satisfeita por um trabalho bem-feito. Agora... — Ela encolheu os ombros de novo. — Nada.

— Então, por nada, você pode ser condenada a vinte anos em Berezniki, ou algum lugar parecido?

— Você me trouxe até aqui para me dizer isso?

— A verdade, Oxana Borisovna, é que o mundo não gosta de gente como você, homens ou mulheres que nascem desprovidos de consciência ou da capacidade de sentir culpa. Vocês representam uma fração ínfima da população geral, mas, sem vocês... — Ele acendeu outro cigarro e se recostou na cadeira. — Sem predadores, gente que consegue pensar o impensável e agir sem medo ou hesitação, o mundo não anda. Você é uma necessidade evolutiva.

Houve um silêncio demorado. As palavras dele confirmaram algo que ela sempre soubera, até nos momentos mais difíceis de sua vida: que ela era diferente, que era especial, que tinha nascido para voar alto. Ela olhou pela janela para o veículo que aguardava lá fora e para os guardas que batiam os pés na neve. Mais uma vez, a ponta da língua tocou brevemente o lábio superior.

— Então, o que você quer de mim? — perguntou ela.

Konstantin falou, com riqueza de detalhes, o que aconteceria. E conforme ela escutava, foi como se toda a sua vida tivesse sido conduzida para aquele momento. A expressão em seu rosto não vacilou nem por um instante, mas a empolgação que se espalhou pelo seu corpo era tão ávida quanto a fome.

Em Paris, a luz está indo embora. De uma gaveta na escrivaninha, Villanelle pega uma caixa lacrada com um laptop novo da Apple e a abre. Em pouco tempo, ela acessa uma conta do Gmail e começa a ler uma mensagem com o assunto *Jeff e Sarah — Fotos das Férias*. São dois parágrafos de texto e uma dúzia de imagens JPEG de um casal explorando locais turísticos no Cairo e arredores.

Oi, pessoal!

Estamos nos divertindo muito. Pirâmides incríveis, e Sarah andou de camelo (fotos anexadas)! Pousamos no domingo, às 7h42, e devemos chegar em casa umas 9h45. Beijos — Jeff.

P.S.: favor anotar o e-mail novo de Sarah, SMPrice88307@gmail.com

Ignorando as letras e palavras, Villanelle extrai os algarismos. Eles compõem uma senha de uso único, que lhe permite acessar os dados compactados embutidos nas imagens JPEG aparentemente inofensivas. Ela se lembra das palavras do técnico de sistemas indiano que a treinou em comunicação sigilosa: "Mensagens encriptadas são ótimas, mas mesmo se forem completamente indecifráveis, vão chamar atenção. É muito melhor garantir que ninguém nem sequer desconfie da existência da mensagem".

Ela abre as fotos. Como são muito detalhadas, de resolução excelente, podem conter uma quantidade considerável de dados. Dez minutos depois, ela termina de extrair todo o texto oculto, que então combina em um documento único.

Um segundo e-mail com o assunto *Celular do Steve* tem uma mensagem mais curta, só um número de telefone, e seis imagens JPEG de um jogo amador de futebol. Villanelle repete o processo, mas dessa vez extrai uma série de retratos. São todos do mesmo homem. Os olhos são escuros, quase pretos, e a boca tem um contorno rígido. Villanelle olha as fotos. Ela nunca viu esse homem na vida, mas reconhece algo no rosto dele. Uma espécie de vazio. Leva um instante até que ela lembre onde já viu aquele olhar antes. No espelho. Em seu próprio rosto. O título no arquivo de texto é *Salvatore Greco*.

Uma das habilidades ímpares de Villanelle, que a indicou para seus empregadores atuais, é sua memória fotográfica. Ela leva trinta minutos para ler o arquivo de Greco e, depois de terminar, consegue se lembrar de cada página como se estivesse com o material na mão. Formado por registros policiais, relatórios de vigilância, arquivos judiciais e declarações de informantes, é um retrato pessoal meticuloso. Mas, apesar de tudo, é de uma brevidade frustrante. Uma cronologia da carreira de Greco até o momento. Um perfil psicológico do FBI. Uma descrição detalhada, em grande parte hipotética, da situação doméstica dele, com hábitos particulares e predileções sexuais. Uma lista de imóveis em seu nome. Uma análise de suas medidas de segurança conhecidas.

O retrato que se forma é o de um homem de interesses austeros. Com aversão patológica à atenção pública, ele sabe evitá-la com extrema habilidade, até mesmo na era da comunicação em massa. Ao mesmo tempo, o poder dele deriva principalmente de sua reputação. Em uma região do mundo onde tortura e assassinato são fatos rotineiros, Greco se destaca pela ferocidade. Qualquer um que se atreva a ficar em seu caminho ou questionar sua autoridade é eliminado, geralmente com uma crueldade espetacular. Famílias rivais inteiras foram fuziladas, e informantes apareceram com a garganta rasgada e a língua puxada para fora pela ferida aberta.

Villanelle olha para a vista da cidade. À esquerda, a torre Eiffel é realçada pelo céu do entardecer. À direita, fica a massa escura da torre Montparnasse. Villanelle reflete sobre Greco. Compara o refinamento pessoal dele com o horror barroco de suas ações e encomendas. Existe alguma forma de tirar proveito dessa contradição?

Ela relê o arquivo de texto, vasculhando cada frase em busca de um acesso possível. Um casarão em uma cidade nas colinas perto de Palermo, a residência principal de Greco, é uma fortaleza. A família dele mora lá, protegida por uma equipe leal e vigilante de guarda-costas armados. A esposa, Calogera, raramente sai de casa; a única filha, Valentina, mora em um povoado próximo, casada com o filho mais velho do *consigliere* de seu pai. A região tem seu próprio dialeto e um histórico de hostilidade intransigente contra forasteiros. As pessoas que Greco quer ver — integrantes de clãs aliados, parceiros em potencial, seu alfaiate, seu barbeiro — são convidadas a visitar o casarão, onde são revistadas e, se necessário, desarmadas. Quando Greco sai de casa para ver a amante em Palermo, sempre vai acompanhado de um motorista armado e pelo menos dois guarda-costas. Parece não haver nenhum padrão previsível nessas visitas.

Mas um documento específico chama a atenção de Villanelle. É uma matéria de cinco anos atrás do jornal italiano *Corriere della Sera*, que descreve um acidente quase fatal sofrido por um de seus jornalistas, em Roma. Segundo Bruno De Santis: “Eu estava saindo de um restaurante em Trastevere quando um carro veio correndo para cima de mim pela contramão. Quando vi, já estava no hospital, vivo por sorte".

De Santis sugere, de forma não muito sutil, que esse atentado contra sua vida foi consequência de uma matéria que ele escreveu para o *Corriere* um mês antes, sobre uma jovem soprano da Sicília chamada Franca Farfaglia. Na matéria, ele criticou Farfaglia por ter aceitado uma doação de Salvatore Greco, "o notório chefão do crime organizado", para financiar seus estudos na Academia de Teatro La Scala, em Milão.

É um trabalho jornalístico corajoso e talvez insensato, mas Villanelle não está interessada em De Santis. O que ela quer saber é o que inspirou a generosidade de Greco em favor de Farfaglia — não que ele não pudesse bancar incontáveis gestos semelhantes. Seria amor por ópera, vontade de ajudar uma talentosa moça nativa a conquistar seu potencial, ou talvez um desejo muito mais simples?

Uma busca na internet resulta em inúmeras imagens de Farfaglia. De aparência imponente, traços rígidos e orgulhosos, ela parece ter mais do que seus vinte e seis anos. Algumas dessas imagens estão também no site pessoal da cantora, que inclui uma história da carreira dela até o momento, um conjunto de críticas sobre seu desempenho e a agenda de eventos para os próximos meses. Descendo essa lista, Villanelle para. Seus olhos se estreitam, e ela passa a ponta do dedo na cicatriz do lábio. E então, clicando no link, ela abre o site do Teatro Massimo, de Palermo.

O treinamento de Oxana levou quase um ano.

O pior foi o começo. Seis semanas de condicionamento físico e combate desarmado em uma parte do litoral de Essex deserta e assolada pelo vento. Ela chegou no início de dezembro. O treinador se chamava Frank e era ex-instrutor da divisão de elite da Marinha britânica, um sujeito enrugado e taciturno de uns sessenta anos, com um olhar tão gelado quanto o mar do Norte. Seu traje habitual, que ele usava em qualquer clima, era uma roupa de academia desbotada, de algodão, e um par de tênis velhos. Frank era impiedoso. Oxana estava abaixo do peso e em péssimas condições depois dos meses no centro de detenção de Dobryanka, e a primeira quinzena de corridas intermináveis pelos brejos, com o rosto fustigado pelo granizo e a lama viscosa do litoral que agarrava suas botas, foi uma tortura.

A determinação lhe deu forças para continuar. Qualquer coisa, até morte no pântano por hipotermia, era melhor do que voltar ao sistema penal russo. Frank não sabia quem ela era nem queria saber. Ele só tinha sido orientado a deixá-la apta para lutar. Durante todo o curso, ela morou em um abrigo Nissen sem aquecimento, em uma ilha coberta de lama e cascalho que se ligava ao continente por uma estradinha de quinhentos metros. Na Guerra Fria, aquele lugar tinha sido um posto avançado de alerta, e ele ainda preservava um pouco desse propósito apocalíptico e mórbido.

Na primeira noite, Oxana sentiu tanto frio que não conseguiu dormir, mas nas seguintes a exaustão venceu, e às nove da noite ela já dormia pesado, embrulhada no único cobertor que tinha. Frank chutava a porta ondulada de ferro todo dia às quatro da madrugada antes de jogar as rações do dia para ela — geralmente, um cantil de plástico com água e algumas latas de carne processada e legumes — e deixá-la vestir a camiseta, a calça camuflada e os coturnos, sempre ainda encharcados do dia anterior. Eles passavam duas horas fazendo circuitos pela ilha, ora pelos fétidos lamaçais cinzentos, ora pela praia gelada, e depois voltavam ao abrigo, para fazer chá e esquentar uma latinha de comida em um fogareiro pequeno. Ao amanhecer, eles já estavam do lado de fora de novo, pisando os lamaçais até Oxana vomitar de cansaço.

À tarde, conforme ia escurecendo, eles treinavam combate corpo a corpo. Com o passar dos anos, Frank havia refinado elementos de jiu-jítsu, vale-tudo e outras técnicas, para criar uma única modalidade de luta. A ênfase era improviso e velocidade, e as sessões de treinamento costumavam ser na praia, com a água batendo no joelho, pisando o solo traiçoeiro de lama e cascalho. Ciente de que o inglês dela não era bom, Frank usava o corpo para ensinar. Oxana achava que entendia algo de luta, tendo aprendido o básico do Systema Spetsnaz com o pai, mas Frank parecia prever cada movimento dela, rechaçando seus golpes com facilidade, para então jogá-la de novo na água gelada do mar.

Oxana achava que nunca havia odiado tanto alguém quanto odiava seu instrutor ex-militar. Ela nunca havia sido humilhada e ridicularizada de forma tão sistemática por ninguém, nem mesmo no orfanato de Perm ou no centro de detenção de Dobryanka. O ódio se tornou uma fúria escaldante. Seu nome era Oxana Borisovna Vorontsova, e ela vivia de acordo com regras que poucas pessoas seriam capazes de sequer tentar entender. Ela derrotaria aquele *angliski ublyodok*, aquele inglês escroto, mesmo que tivesse que morrer para isso.

No fim de uma tarde da última semana, eles estavam se enfrentando enquanto a maré subia. Frank portava uma faca Gerber de vinte centímetros, e Oxana não tinha nada. Frank avançou primeiro, passando a lâmina oxidada tão perto do rosto dela que deu para sentir o deslocamento de ar, e ela se abaixou sob o braço armado e acertou um soco rápido nas costelas dele. Isso fez Frank hesitar por um segundo, e quando a faca passou rasgando o ar de novo, ela já estava longe. Eles ficaram dançando de um lado para outro, e Frank mirou no peito de Oxana. Ela agiu mais rápido do que pensou. Virando-se parcialmente, pegou no pulso dele, puxou-o para a direção em que ele já estava indo e lhe deu uma rasteira. Quando Frank caiu de costas na água, sacudindo os braços, ela já estava levantando o joelho para conter a mão que segurava a faca — “Controle a arma e depois o homem” era algo que seu pai sempre lhe dissera —, e quando o instrutor soltou a Gerber sem querer, ela impulsionou o corpo para a frente, a fim de segurá-lo embaixo d'água. Montada em cima de Frank, Oxana empurrou a cabeça dele com a palma da mão e observou a agonia em seu rosto enquanto ele começava a se afogar.

Foi interessante — até fascinante —, mas ela queria que Frank vivesse para admitir seu triunfo, então o arrastou para a praia, onde ele rolou no chão e vomitou um bocado de água. Quando ele finalmente abriu os olhos, Oxana estava com a ponta da faca no pescoço dele. Seus olhares se cruzaram, e ele fez um gesto de submissão com a cabeça.

Uma semana depois, Konstantin foi buscá-la e a olhou de cima a baixo com um ar de aprovação enquanto ela esperava, de bolsa pendurada no ombro, na trilha lamacenta que dava na estradinha.

— Você parece bem — disse ele, observando com aqueles olhos vazios a nova postura confiante e a pele queimada pelo sol e pela água do mar.

— Você sabe que ela é uma psicopata do caralho — disse Frank.

— Ninguém é perfeito — respondeu Konstantin.

Dois dias depois, Oxana viajou até a Alemanha para um curso de fuga e evasão de três semanas na escola de guerra das montanhas, em Mittenwald. Ela foi incluída em uma turma de operações especiais da Otan e, segundo seu disfarce, tinha sido transferida de uma unidade antiterrorismo do Ministério do Interior russo. Na segunda noite, quando estava entrincheirada na neve, ela sentiu dedos furtivos no zíper do seu saco de dormir. Começou uma luta silenciosa, mas intensa, na escuridão, e no dia seguinte dois soldados da Otan foram removidos da montanha de helicóptero, um com um tendão rompido no antebraço e o outro com uma das mãos atravessada por uma faca. Depois disso, ninguém mais a perturbou.

Logo depois de Mittenwald, ela foi despachada para uma instalação do Exército americano em Fort Bragg, na Carolina do Norte, onde foi submetida a um programa avançado de resistência a interrogatórios. Isso foi meticulosamente infernal, feito para provocar o máximo de estresse e ansiedade nos indivíduos. Logo que Oxana chegou, alguns guardas a despiram à força e a conduziram até uma cela de luz forte, sem janela, na qual havia uma câmera de segurança instalada no alto de uma das paredes. O tempo passou, hora após hora, eternamente, mas ela só recebeu água e, sem banheiro na cela, foi obrigada a usar o chão. Não demorou até o lugar começar a feder e seu estômago se retorcer de fome. Se ela tentava dormir, a cela reverberava com ruídos indefinidos, ou com vozes eletrônicas que repetiam frases sem sentido a um volume ensurdecedor.

No final do segundo dia — ou talvez do terceiro —, cobriram a cabeça dela com um capuz e a levaram para outra parte do edifício, onde pessoas que ela não conseguia ver interrogaram-na em russo fluente, por horas a fio. Entre essas sessões, em que lhe ofereciam comida em troca de informação, ela foi obrigada a adotar posições de estresse dolorosas e humilhantes. Faminta, exausta e profundamente desorientada, entrou em um estado de transe em que as fronteiras entre os sentidos se embaralharam. Mesmo assim, conseguiu preservar algum resquício de sua identidade e se aferrar à certeza de que aquela experiência acabaria em algum momento. Por mais assustador e degradante que pudesse ser, era preferível à vida em alguma seção de segurança máxima nos montes Urais. Quando declararam o fim oficial do exercício, Oxana já estava começando, em um sentido profundamente perverso, a gostar.

Houve outros cursos. Um mês de treinamento com armas em um acampamento ao sul de Kiev, na Ucrânia, e outros três em uma escola de atiradores de elite, na Rússia. Não foi no estabelecimento renomado perto de Moscou, onde os destacamentos Alfa e Vympel da Spetsnaz treinavam, e sim em uma instituição muito mais remota perto de Ecaterimburgo, administrada por uma empresa particular de segurança cujos instrutores não faziam perguntas. Oxana estranhou a volta para a Rússia, mesmo usando a identidade falsa criada por Konstantin. Afinal, Ecaterimburgo ficava a menos de trezentos quilômetros do lugar onde ela havia crescido.

Mas não demorou para as mentiras começarem a causar um sentimento inebriante de satisfação.

— Oficialmente, Oxana Vorontsova não existe mais — informou Konstantin. — Uma certidão emitida pelo Hospital das Clínicas Regional de Perm indica que ela se enforcou dentro da cela no centro de detenção de Dobryanka. Segundo documentos do distrito, ela foi enterrada por encargo do governo no cemitério de Industrialny. Pode acreditar, ninguém sente falta dela e ninguém a está procurando.

A escola urbana de atiradores de elite de Severka foi construída perto de uma cidade abandonada. Na época da União Soviética, tinha sido uma comunidade vibrante de cientistas que estudavam os efeitos da exposição à radiação; agora, era uma cidade-fantasma, povoada apenas por manequins de tamanho real, dispostos estrategicamente atrás de janelas ou em carcaças enferrujadas de veículos, para servir de alvo. Era um lugar sinistro, e o único som que se podia ouvir era o do vento chiando entre os prédios vazios.

O treinamento básico de Oxana foi com a Dragunov padrão. Mas logo ela avançou para o VSS, ou Fuzil de Precisão Especial. Excepcionalmente leve e com silenciador embutido, era a arma urbana ideal. No fim da temporada em Severka, ela já havia feito milhares de disparos em diversas condições operacionais e levava menos de um minuto para, com o VSS no estojo de poliestireno, chegar a um local, montar a arma, calibrar a alça de mira, calcular a velocidade do vento e outros vetores e acertar um tiro letal na cabeça ou no corpo de um manequim ("um tiro, um abate", nas palavras do instrutor) a um alcance de até quatrocentos metros.

Oxana sentia que estava mudando, e os resultados lhe agradavam. Sua capacidade de observação, suas habilidades sensoriais e velocidade de reação, tudo foi incrementado de forma extraordinária. Psicologicamente, ela se sentia invulnerável, mas, de qualquer forma, sempre soube que era mesmo diferente das outras pessoas. Não sentia nada que elas sentiam. Enquanto outros passavam por sofrimento e pavor, Oxana só conhecia um gélido desapego. Ela havia aprendido a imitar as reações emocionais de outros — os receios, as incertezas, a necessidade desesperada por afeto —, mas nunca chegara a senti-las plenamente. Mas sabia que, para passar despercebida pelo mundo, era fundamental usar uma máscara de normalidade e disfarçar a dimensão de sua indiferença.

Quando era bem jovem, ela havia aprendido que as pessoas podiam ser manipuladas. O sexo era útil nesse sentido, e Oxana adquiriu um apetite voraz. Não tanto pelo ato em si, embora isso proporcionasse alguma satisfação, quanto pelo entusiasmo da caça e da dominação psíquica. Ela gostava de escolher figuras de autoridade para servir de amantes. Suas conquistas haviam incluído professores homens e mulheres, um colega do pai na Spetsnaz, uma jovem de uma academia militar de Kazan com quem ela estava disputando os Jogos Universitários e o melhor de todos: a psicoterapeuta a quem fora encaminhada para avaliação em seu primeiro ano na universidade. Oxana nunca havia sentido a menor necessidade de ser apreciada, mas tinha uma enorme satisfação por ser desejada, por ver a expressão nos olhos de sua presa — aquela dissolução definitiva da resistência —, que lhe indicava que a transferência de poder estava concluída.

Não que fosse suficiente. Porque, apesar de toda a empolgação, esse momento de submissão invariavelmente marcava o fim do interesse de Oxana. A história era sempre igual, até com Yuliana, a psicoterapeuta. Ao se render a Oxana, ao lhe entregar seu mistério, ela se tornou indesejável. E Oxana seguiu em frente, abandonando a mulher mais velha, arruinando suas autoestimas pessoal e profissional.

Depois do curso de atirador de elite, ela estudou explosivos e toxicologia em Volgograd, vigilância em Berlim, condução avançada de veículos e arrombamento de fechaduras em Londres, e gestão de identidade, comunicação e programação em Paris. Para Oxana, que antes de conhecer Konstantin na ponte do rio Chusovaya nunca havia saído da Rússia, o vaivém internacional foi vertiginoso. Cada curso era ministrado na língua do país em questão, testando os limites de sua aptidão linguística e, na maioria das vezes, deixando-a mental e fisicamente exausta.

Durante todo o processo, paciente e imperturbável nos bastidores, estava Konstantin. Ele manteve uma distância profissional de Oxana, mas foi compreensivo nas poucas ocasiões em que a pressão foi excessiva, e ela exigiu, com frieza, que ele a deixasse em paz.

— Tire um dia de folga — disse ele uma vez, em Londres. — Vá explorar a cidade. E comece a pensar em seu nome falso. Oxana Vorontsova morreu.

Em novembro, seu treinamento já estava quase acabando. Ela estava hospedada em uma espelunca de uma estrela, no bairro de Belleville, na periferia de Paris, e ia diariamente a um prédio de escritórios sem nome no La Défense, onde um rapaz de ascendência indiana lhe ensinava os detalhes da esteganografia — a ciência de esconder informações secretas em arquivos de computador. No último dia do curso, Konstantin apareceu, pagou a conta do hotel e a acompanhou a um apartamento no Quai Voltaire, na Rive Gauche.

O apartamento térreo tinha uma decoração chique e minimalista. A residente era uma mulher minúscula, de aparência firme, uns sessenta anos, toda vestida de preto, que Konstantin apresentou como Fantine.

Fantine olhou para Oxana, aparentemente sem se comover com o que estava vendo, e pediu para ela andar pela sala.

Constrangida por estar usando camiseta desbotada, calça jeans e tênis, Oxana obedeceu. Fantine observou-a por um instante, virou-se para Konstantin e deu de ombros.

E assim começou a última etapa da transformação de Oxana. Ela se mudou para um hotel de quatro estrelas a duas quadras dali e, a cada manhã, encontrava Fantine para tomar café no apartamento térreo. Às nove, todos os dias, um carro ia buscá-las. No primeiro dia, elas foram às Galeries Lafayette, no Boulevard Haussmann. Fantine acompanhou Oxana pela loja de departamentos, obrigando-a a experimentar uma série de trajes — conjuntos para usar durante o dia, roupas casuais, trajes de noite — e comprando as peças quer Oxana gostasse ou não. As roupas apertadas e chamativas que Oxana apreciava Fantine desprezou sem pensar duas vezes.

— Estou tentando ensinar o estilo parisiense, *chérie*, não a se vestir como uma prostituta de Moscou, o que você obviamente já sabe fazer.

No fim do dia, o carro estava cheio de sacolas de compras, e Oxana começava a gostar da companhia daquela mentora brutalmente crítica. Ao longo da semana, elas visitaram sapatarias e salões de moda, desfiles de alta-costura e prêt-à-porter, um empório de antiguidades em St. Germain e o museu de moda e design no Palais Galliera. Em cada lugar, Fantine fornecia comentários impiedosos. Isso era chique, sofisticado e elegante; aquilo era cafona, de mau gosto e fatalmente vulgar. Certa tarde, Fantine levou Oxana a um salão na Place des Victoires. As instruções à cabeleireira foram que ela deveria fazer o que quisesse e ignorar qualquer sugestão de Oxana. Depois, Fantine a colocou na frente de um espelho, e Oxana passou a mão pelo cabelo curto, cortado reto. Gostou do visual que Fantine havia preparado. A jaqueta de grife, a camiseta listrada, o jeans de cintura baixa e as botas de cano curto. Ela parecia... parisiense.

Ainda na mesma tarde, elas foram a uma butique de perfumes na Rue du Faubourg Saint-Honoré.

— Escolha — disse Fantine. — Mas escolha bem.

Oxana passou dez minutos perambulando pela loja elegante, até parar diante de um mostruário de vidro. O vendedor a observou por um instante.

— *Vous permettez, mademoiselle?* — murmurou ele, entregando-lhe um frasco esguio de vidro, com uma fita vermelha em torno do gargalo.

Cuidadosamente, Oxana encostou o perfume cor de âmbar no pulso. Refrescante como o amanhecer na primavera, mas com notas mais obscuras no fundo, o perfume tocou algo em seu íntimo.

— Este se chama Villanelle — disse o vendedor. — Era o perfume preferido da Comtesse du Barry. A fabricante acrescentou a fita vermelha depois que ela morreu na guilhotina, em 1793.

— Então terei que tomar cuidado — disse Oxana.

Dois dias depois, Konstantin foi buscá-la no hotel.

— Meu nome falso — disse ela. — Já escolhi.

Conforme atravessa a Piazza Verdi, em Palermo, batendo levemente os saltos do sapato nas pedras do calçamento, Villanelle vislumbra a fachada imponente da maior ópera da Sicília, e até da Itália. Palmeiras emergem da *piazza*, e as suas folhas exalam suspiros suaves na brisa amena; leões de bronze cercam a ampla escadaria da entrada. Villanelle está usando um vestido Valentino de seda e luvas de gala Fratelli Orsini que cobrem até o cotovelo. O vestido é vermelho, mas de um tom tão escuro que quase parece preto. Uma bolsa Fendi espaçosa está pendurada em seu ombro por uma corrente fina. O rosto de Villanelle está pálido sob a luz do entardecer, e seu cabelo está preso com uma presilha longa e curva. Ela parece glamorosa, ainda que menos chamativa que as socialites usando Versace e Dolce & Gabbana que lotam o saguão espelhado. As noites de estreia no Teatro Massimo sempre são um evento, e o espetáculo desta noite é

Tosca, de Puccini, uma das óperas de maior popularidade no mundo. O fato de que a protagonista do título está sendo interpretada por Franca Farfaglia, uma soprano local, faz com que a ocasião seja imperdível.

Villanelle compra um programa e vai do saguão para o vestíbulo. O lugar está se enchendo rapidamente. O ar é tomado pelo zumbido de conversas, tinidos abafados de taças e um aroma de perfumes caros. Lâmpadas decorativas nas paredes colorem a ornamentação de mármore com um brilho amarelado suave. Ela pede água mineral no bar e percebe que está sendo observada por uma figura esbelta de cabelos escuros.

— Posso lhe oferecer algo mais... interessante? — pergunta ele, enquanto ela paga ao barman. — Uma taça de champanhe, talvez?

Ela sorri. Calcula que ele tenha trinta e cinco anos, mais ou menos. Beleza sardônica. A camisa cinza-prateado é impecável, e o blazer leve parece ser Brioni. Mas o italiano dele tem o som áspero da Sicília, e seu olhar sugere ameaça.

— Não — diz ela. — Obrigada.

— Deixe-me adivinhar. Você obviamente não é italiana, ainda que fale a língua. Francesa?

— Mais ou menos. É complicado.

— Então você gosta das óperas de Puccini?

— Claro — murmura ela. — Embora *La Bohème* seja minha preferida.

— É porque você é francesa. — Ele estende a mão. — Leoluca Messina.

— Sylviane Morel.

— Então o que a traz a Palermo, mademoiselle Morel?

Ela fica tentada a encerrar a conversa. Ir embora. Mas talvez ele a siga, o que pioraria a situação.

— Estou hospedada na casa de amigos.

— Quem?

— Creio que não seja ninguém que você conheça.

— Você ficaria surpresa com as pessoas que eu conheço. E acredite, todo mundo aqui me conhece.

Villanelle se vira parcialmente e permite que seu rosto se ilumine de repente com um sorriso. Ela acena na direção da entrada.

— Com licença, *signor* Messina. Meus amigos chegaram.

Não foi muito convincente, e ela se critica ao avançar em meio à multidão. Mas tem alguma coisa em Leoluca Messina — uma familiaridade antiga com a violência —, e ela quer que ele a esqueça.

Conforme perambula vagamente entre as pessoas, observando os rostos à sua volta, Villanelle se pergunta se Greco virá. O contato de Konstantin na cidade subornou e interrogou discretamente alguns funcionários da casa de ópera, e segundo ele, o mafioso comparece à maioria das estreias importantes. Ele sempre chega no último segundo e ocupa o mesmo camarote, sozinho, com guarda-costas posicionados do lado de fora. Para a frustração de Villanelle, não foi possível confirmar se ele fez alguma reserva para esta noite. Mas Farfaglia, sua protegida, está cantando como principal soprano. A probabilidade é alta.

Por um preço considerável, o pessoal de Konstantin reservou o camarote vizinho ao que Greco utiliza. É no primeiro nível, quase colado ao palco. Faltando dez minutos para a abertura das cortinas, o camarote à sua esquerda ainda vazio, Villanelle entra no ninho de veludo vermelho. O camarote é ao mesmo tempo público e reservado. Da frente, acomodada em uma das cadeiras douradas, com o guarda-corpo estofado vermelho na altura do peito, ela pode ver e ser vista por qualquer pessoa no auditório. Se ela se inclinar por cima do guarda-corpo, consegue olhar para a parte da frente dos camarotes de cada um dos lados. Porém, quando se apagam as luzes do teatro, cada camarote se torna um mundo secreto, e seu interior, invisível.

Na penumbra, longe da vista de todos, ela tira a bolsa do ombro e pega uma pistola Ruger automática leve com silenciador

Gemtech integrado e insere um carregador de munição calibre .22 de baixa velocidade. Voltando a guardar a arma, coloca a bolsa no chão junto à base que a separa do camarote à esquerda.

Nos nove meses que se seguiram a seu renascimento como Villanelle, ela matou dois homens. Cada projeto foi iniciado por uma mensagem de uma palavra enviada por Konstantin, acompanhada, depois, pela transmissão de documentos detalhados — vídeos, biografias, relatórios de vigilância, calendários — cujas fontes ela desconhecia. Cada período de planejamento durou cerca de quatro semanas, durante o qual ela recebeu armas, informações sobre o apoio logístico que estaria disponível e uma identidade adequada.

O primeiro alvo, Yiorgos Vlachos, vinha adquirindo cobalto-60 no Leste Europeu, provavelmente com o objetivo de detonar uma bomba radioativa em Atenas. Ela acertara uma bala SP-5 no peito do sujeito quando ele estava trocando de carro no porto de Pireus. O tiro, feito com um VSS russo a 325 metros de distância, havia exigido que ela passasse a noite inteira deitada sob uma lona em cima de um armazém. Depois, ao reviver o momento na segurança do quarto de hotel, Villanelle sentiu uma agitação intensa e palpitante. O estalido seco do silenciador, o baque distante do impacto, a visão do vulto caindo pela luneta.

O segundo alvo foi Dragan Horvat, um político dos Bálcãs que mantinha uma rede de tráfico de pessoas. O erro dele foi ter levado trabalho para casa, uma adolescente bonita de Tblisi que tinha dezessete anos e era viciada em heroína. Ele se apaixonara inconsequentemente pela menina e passara a levá-la para torrar dinheiro em compras pelas capitais europeias. O destino preferido do casal nos fins de semana era Londres, e quando Villanelle esbarrou em Horvat certa noite em uma rua pequena de Bayswater, ele sorriu de modo complacente. Na hora, ele não sentiu a punhalada na parte interna da coxa que perfurou sua artéria femoral, e conforme sangrava até a morte na calçada, sua namorada georgiana o fitava com um olhar perdido, revirando distraída a pulseira de ouro que ele havia comprado naquela tarde em Knightsbridge.

Entre um alvo e outro, Villanelle morava no apartamento de Paris. Explorava a cidade, experimentava os prazeres que ela oferecia e desfrutava de um amante atrás do outro. Esses casos sempre seguiam a mesma trajetória: uma caçada inebriante, um par de dias e noites vorazes, a interrupção abrupta de todos os contatos. Ela simplesmente desaparecia da vida das pessoas, de forma tão súbita e misteriosa quanto havia surgido.

Ela corria no Bois de Boulogne todo dia de manhã, frequentava um dojo de jiu-jítsu em Montparnasse e treinava em um estande de tiro de elite em Saint-Cloud. Enquanto isso, mãos invisíveis pagavam seu aluguel e administravam suas atividades na bolsa de valores, cujos rendimentos eram depositados em uma conta no Société Générale.

— Gaste o que quiser — disse Konstantin. — Mas não chame atenção. Viva confortavelmente, mas sem excessos. Não deixe rastros.

E ela não deixava. Não fazia ruídos. Tornou-se parte daquele exército monocromático de profissionais que iam de um lado para outro, a passos rápidos, com solidão estampada nos olhos. Não sabia que autoridade decretava as sentenças de morte que ela executava. Não perguntava a Konstantin, porque tinha certeza de que ele não responderia, e na verdade ela não queria saber. Para Villanelle, o que importava era que havia sido escolhida como instrumento de uma organização todo-poderosa que compreendia, assim como ela mesma sempre soubera, que ela era diferente. Eles reconheceram seu talento, buscaram-na, tiraram-na do pior lugar do mundo e a puseram no mais elevado, que era seu lugar de direito. Uma predadora, um instrumento da evolução, parte daquela elite isenta de qualquer lei moral.

Em seu âmago, essa percepção floresceu como uma grande rosa sinistra, preenchendo cada cavidade de seu ser.

Aos poucos, a plateia do Teatro Massimo começa a se encher. Recostada no assento, Villanelle lê o programa, com o rosto oculto pela divisão entre seu camarote e o vizinho. Chega a hora do espetáculo, as luzes do teatro se apagam, e o burburinho do público se cala. Quando o regente cumprimenta a plateia, ante aplausos calorosos, Villanelle ouve alguém se acomodar discretamente no camarote ao seu lado. Ela não se vira; quando a cortina se abre no primeiro ato, inclina-se para a frente, a fim de observar atentamente o palco.

Passam-se os minutos; o tempo se arrasta. A música de Puccini inunda Villanelle, mas não a comove. A consciência dela está totalmente concentrada na pessoa oculta à sua esquerda. Ela se obriga a não olhar, mas sente a presença dele como uma pulsação, maligna e infinitamente perigosa. Em alguns momentos, sente um calafrio na nuca e percebe que ele a observa. Por fim, as notas do te-déum se dissipam no ar, o primeiro ato termina, e a cortina de ouro e carmesim desce.

Enquanto as luzes do teatro se acendem para o intervalo e a conversa irrompe na plateia, Villanelle permanece sentada, imóvel, como se estivesse hipnotizada pela ópera. Então, sem nenhum olhar de esguelha, ela se levanta e sai do camarote, percebendo pela visão periférica a presença de dois guarda-costas que aguardam, entediados mas atentos, no final do corredor.

Saindo calmamente para o vestíbulo, ela vai até o bar, pede água mineral e segura o copo, sem beber. Do outro lado do salão, percebe que Leoluca Messina vem em sua direção. Fingindo que não o viu, ela se mistura às pessoas, reaparecendo perto da entrada do saguão. Do lado de fora, na escadaria da ópera, o calor ainda não diminuiu. No horizonte, o céu está rosado e, mais acima, roxo-claro. Meia dúzia de rapazes passam por

Villanelle, assobiando e fazendo comentários de admiração no dialeto local.

Ela volta e retoma seu lugar no camarote segundos antes de a cortina se abrir para o segundo ato. Mais uma vez, ela faz questão de não olhar para Greco, à sua esquerda; em vez disso, seu olhar está concentrado na ópera que acontece no palco. A história é dramática. Tosca, uma cantora, está apaixonada pelo pintor Cavaradossi, que foi acusado injustamente de auxiliar na fuga de um prisioneiro político. Preso por Scarpia, o chefe da polícia, Cavaradossi é condenado à morte. Porém, Scarpia propõe um acordo: se Tosca se entregar a ele, seu amado será liberado. Tosca aceita, mas quando Scarpia se aproxima, ela pega uma faca e o mata.

A cortina desce. E desta vez, depois de aplaudir, Villanelle se vira para Greco e sorri, como se reparasse nele pela primeira vez. Não demora até que alguém bata à porta do camarote. É um dos guarda-costas, um homem corpulento que pergunta, com certa cortesia, se ela aceitaria tomar uma taça de vinho com don Salvatore. Villanelle hesita por um instante e então, educadamente, faz que sim. Quando sai para o corredor, o segundo guarda-costas a examina de cima a baixo. Ela deixou a bolsa no camarote, está com as mãos vazias, e o vestido Valentino pende de sua silhueta esbelta e atlética. Os dois homens trocam um olhar carregado. É evidente que eles já entregaram muitas mulheres para o patrão. O homem corpulento faz um gesto na direção da porta de Greco.

— *Per favore, signorina...*

Ele se levanta quando ela entra. Um homem de estatura média, com um terno caro de linho. Uma atmosfera de letalidade e um sorriso que nem tenta se aproximar dos olhos cercam-no.

— Perdoe minha ousadia — diz ele. — Mas não pude deixar de reparar em sua admiração pelo espetáculo. De um apreciador de ópera para outra, eu gostaria de saber se posso lhe oferecer uma taça de *frappato*. É de um de meus vinhedos, então posso garantir a qualidade.

Ela agradece. Experimenta um gole do vinho frio. Apresenta-se como Sylviane Morel.

— E eu sou Salvatore Greco.

A voz tem uma entonação de pergunta, mas o olhar dela não vacila. Fica claro que ela não faz a menor ideia de quem ele é. Ela elogia o vinho e diz que é a primeira vez que visita o Teatro Massimo.

— Então o que você achou de Farfaglia?

— Sublime. Exímia atriz e excelente soprano.

— Que bom que você gostou. Tive a felicidade de auxiliar, modestamente, no treinamento dela.

— É maravilhoso ver que sua fé nela se confirmou.

— *Il bacio di Tosca.*

— Desculpe?

— *Questo è il bacio di Tosca.* "Este é o beijo de Tosca!" As palavras que ela diz ao apunhalar Scarpia.

— Claro! Sinto muito, meu italiano...

— É excelente, *signorina* Morel. — De novo aquele meio sorriso gélido.

Ela inclina a cabeça em um gesto de negação.

— Acho que não, *signor* Greco.

Parte dela está concentrada na conversa, e outra calcula métodos e meios, tempo, rotas de fuga, saídas. Ela está diante de seu alvo, mas sozinha. E como Konstantin já deixou claro muitas vezes, será sempre assim. Não pode haver envolvimento de mais ninguém, exceto no sentido mais periférico e desassociado. Não pode haver reforços, nem distrações planejadas, nem assistência oficial. Se ela for capturada, acabou. Nenhuma autoridade discreta vai tirá-la da cadeia, nenhum veículo vai levá-la às pressas até o aeroporto.

Eles conversam. Para Villanelle, os idiomas são fluidos. Na maior parte do tempo, ela pensa em francês, mas de vez em quando acontece de acordar e saber que estava sonhando em russo. Às vezes, perto de adormecer, o sangue sobe para os ouvidos, uma torrente implacável de gritos poliglotas. Nessas ocasiões, sozinha no apartamento de Paris, ela se anestesia com horas de internet, geralmente em sites de língua inglesa. E agora percebe que está visualizando mentalmente situações em italiano com sotaque da Sicília. Ela não estudou o idioma, mas ele ressoa em sua cabeça. Será que resta alguma parte de Oxana Vorontsova dentro dela? Será que ainda existe aquela menininha que passava noites a fio deitada em lençóis sujos de urina, planejando vingança? Ou será que só há Villanelle, o instrumento da evolução?

Greco a deseja, ela percebe. E quanto mais ela interpreta a jovem parisiense rica, impressionável, de olhos arregalados, maior é o desejo dele. Ele parece um crocodilo, observando do charco enquanto a gazela se aproxima lentamente da água. Como costuma acontecer? Jantar em algum lugar que ele conheça bem, com garçons respeitosos e os guarda-costas em uma mesa próxima, e depois um motorista particular os levaria até um apartamento discreto na parte antiga da cidade?

— Em toda noite de estreia, esse camarote é reservado para mim — diz ele. — Os Greco eram aristocratas em Palermo desde antes dos Habsburgo.

— Nesse caso, posso me considerar afortunada por estar aqui.

— Gostaria de ficar para o último ato?

— Com prazer — murmura ela, conforme a orquestra começa a tocar.

A ópera continua, e Villanelle mais uma vez observa atentamente o palco, esperando pelo momento planejado. Ele chega com "*Amaro sol per te*", o grande dueto de amor. Enquanto a última nota se esvai, a plateia irrompe em aplausos, e gritos de "*Bravi!*" e "*Brava Franca!*" ecoam por todos os cantos do teatro. Villanelle aplaude com as outras pessoas e, com brilho no olhar, vira-se para Greco. Os olhos dele fitam os dela, e como se por impulso, ele leva a mão de Villanelle aos lábios e dá um beijo. Ela sustenta o olhar por um instante e, erguendo a outra mão até o cabelo, solta a presilha longa e curva, deixando as madeixas escuras caírem sobre os ombros. Quando seu braço desce, há um borrão claro, e a presilha se crava profundamente no olho esquerdo de Greco.

O rosto dele fica pálido de choque e dor. Villanelle aperta o êmbolo minúsculo, injetando uma dose letal de etorfina veterinária no lobo frontal do cérebro, induzindo paralisia imediata. Ela o abaixa até o chão e olha à sua volta. Seu próprio camarote está vazio, e no seguinte um casal idoso pouco visível observa o palco com binóculos de ópera. Todos os olhos estão em Farfaglia e no tenor que canta Cavaradossi, ambos imóveis diante de sucessivas salvas de palmas. Passando o braço pela divisão, Villanelle pega a bolsa, recua para a escuridão e tira a Ruger. Os dois estalos da arma com silenciador são discretos, e os projéteis calibre .22 de baixa velocidade mal desfiam o tecido do paletó de linho de Greco.

Os aplausos estão arrefecendo quando Villanelle abre a porta do camarote, com a arma oculta nas costas, e chama, com uma expressão preocupada, os dois guardas, que entram e se abaixam sobre o patrão. Ela atira duas vezes, com um intervalo de menos de um segundo entre os disparos silenciados, e os homens caem no piso acarpetado. Os ferimentos atrás da cabeça deles esguicham um pouco de sangue, mas os dois já estão mortos, com o tronco encefálico destruído. Por alguns longos segundos, Villanelle é tomada pela intensidade das mortes e por uma satisfação tão aguda que quase dói. É a sensação que o sexo sempre promete, mas nunca chega a proporcionar, e por um instante ela se aperta, arfante, sob o vestido Valentino. Então, guardando a Ruger na bolsa e endireitando os ombros, ela sai do camarote.

— Não me diga que está indo embora, *signorina* Morel.

O coração pula no peito. Vindo em sua direção pelo corredor estreito, caminhando com a elegância sinistra de uma pantera, está Leoluca Messina.

— Infelizmente, sim.

— Que pena. Mas como você conhece meu tio?

Ela o encara.

— Don Salvatore. Você acabou de sair do camarote dele.

— Nós nos conhecemos mais cedo. E agora, se me dá licença, *signor* Messina...

Ele observa Villanelle por um instante e então passa por ela com firmeza e abre a porta do camarote de Greco. Quando sai, logo em seguida, tem uma arma na mão. Alguma parte de Villanelle identifica uma Beretta Storm nove milímetros enquanto aponta sua própria Ruger para a cabeça dele.

Por um instante, os dois permanecem imóveis, e então ele acena com a cabeça, semicerra os olhos e abaixa a Beretta.

— Guarde isso — exige ele.

Ela não se mexe. Aponta a alça de mira de fibra óptica para a base do nariz dele. Prepara-se para romper um terceiro tronco encefálico siciliano.

— Olhe, fico feliz de ver que o cretino morreu, está bem? A qualquer momento, a cortina vai descer, e este lugar todo vai se encher de gente. Se você quiser sair daqui, guarde essa arma e venha comigo.

Algum instinto diz que ela deve obedecer. Eles passam às pressas pelas portas no fim do corredor, descem um lance curto de escada e saem para uma passagem revestida de vermelho que contorna a plateia.

— Me dê a mão — exige ele, e Villanelle obedece.

Um funcionário uniformizado vem na direção deles. Messina o cumprimenta com alegria, e o funcionário sorri.

— Escapulindo, *signor*?

— Mais ou menos.

No final da passagem, exatamente abaixo do camarote de Greco, há uma porta revestida com o mesmo brocado vermelho das paredes. Messina a abre e puxa Villanelle para dentro de um vestíbulo pequeno. Ele afasta uma cortina grossa e de repente os dois saem para os bastidores, na forte penumbra das coxias, envoltos pela música da orquestra que está sendo transmitida pelos alto-falantes. Homens e mulheres em trajes do século XIX emergem das sombras; contrarregras circulam com disciplina rigorosa. Passando o braço em volta do ombro de Villanelle, Messina a conduz rapidamente pelas araras de fantasias e pelas mesas cobertas de objetos cênicos e a leva para o espaço estreito entre o ciclorama e a parede de alvenaria dos fundos. Enquanto contornam o palco, eles ouvem uma salva de tiros de mosquetão. A execução de Cavaradossi.

E então mais corredores, paredes desbotadas cheias de extintores de incêndio e instruções em caso de evacuação de emergência, e finalmente eles abrem a porta dos fundos e saem para a Piazza Verdi, em meio ao som de trânsito e sob um céu roxo-claro. A cinquenta metros de distância, uma moto preta e prata MV Agusta está estacionada junto a um pilar na Via Volturno. Villanelle se senta atrás de Messina, e com um ronco grave do escapamento eles saem noite adentro.

Leva alguns minutos para eles ouvirem as primeiras sirenes da polícia. Leoluca segue na direção leste, tomando ruas secundárias, e a MV Agusta reage bravamente às viradas bruscas. De vez em quando, Villanelle capta à sua esquerda as luzes do porto e a tremulação negra do mar. As pessoas olham quando eles passam — o homem de rosto agressivo, a mulher de vestido vermelho —, mas estão em Palermo, e ninguém dá muita atenção. As ruas ficam menores, com roupas penduradas no alto para secar e os sons e aromas de cozinhas residenciais saindo das janelas abertas. Então, há uma praça escura, um cinema decadente e a fachada barroca de uma igreja.

Estacionando a moto, Messina a conduz por um beco ao lado da igreja e destranca um portão. Eles entram em um cemitério cercado, uma cidade dos mortos, onde túmulos e mausoléus familiares se estendem por fileiras obscuras noite adentro.

— É aqui que vão enterrar Salvatore depois de removerem suas balas do corpo dele — diz Messina. — E mais cedo ou mais tarde, onde vão me enterrar.

— Você disse que gostou de vê-lo morto.

— Você me poupou do trabalho de matá-lo. Ele era *un animale*. Descontrolado.

— Você vai assumir o lugar?

Messina dá de ombros.

— Alguém vai.

— Apenas os negócios de sempre?

— Por aí. Mas e você? Para quem você trabalha?

— Faz diferença?

— Faz se você vier atrás de mim depois. — Ele saca a Beretta curta do coldre de ombro. — Talvez eu devesse matá-la agora.

— Fique à vontade para tentar — diz ela, sacando a Ruger.

Eles se observam por um instante. E então, sem abaixar a arma, ela dá um passo na direção dele e o pega pelo cinto.

— Trégua?

O sexo é breve e selvagem. Ela segura a Ruger o tempo todo. Depois, apoiando a mão da arma no ombro de Messina para se equilibrar, ela se limpa com a barra da camisa dele.

— E agora? — diz ele, encarando-a com uma repulsa fascinada e reparando que, à meia-luz, a assimetria no lábio superior não faz com que ela pareça sensual, como ele havia imaginado antes, mas sim friamente voraz.

— Agora você vai embora.

— Vou vê-la de novo?

— Reze para que não.

Ele a observa por um instante e se afasta. A MV Agusta começa a roncar e se vai noite adentro. Descendo por entre os túmulos, Villanelle chega a uma pequena clareira na frente de um mausoléu decorado com colunas. Da bolsa Fendi, ela tira um isqueiro Briquet, um vestido azul de algodão, um par de sandálias finas e um porta-dinheiro de renda. O porta-dinheiro contém quinhentos euros, uma passagem de avião, um passaporte e um cartão de crédito que a identificam como Irina Skoryk, uma cidadã francesa nascida na Ucrânia.

Depois de se trocar rapidamente, Villanelle faz uma fogueira com o Valentino, todos os documentos associados a Sylviane Morel, as lentes de contato verdes e a peruca morena que estava usando. O fogo arde intensamente, ainda que dure pouco, e quando não resta mais nada, ela varre as cinzas para o gramado com um galho de cipreste.

Descendo mais, Villanelle vê um portão de saída enferrujado e uma escada que vai dar em uma rua estreita. Essa dá em uma via mais larga e movimentada, que ela percorre no sentido oeste em direção ao centro da cidade. Vinte minutos depois, atrás de um restaurante, encontra o que estava procurando: uma grande lixeira de rodinhas, cheia de restos de comida. Ajeitando as luvas de gala, ela olha para os lados e confere se alguém a observa. Depois, mergulha as mãos na lixeira e tira meia dúzia de sacos. Ela desamarra um deles e enfia a bolsa Fendi e a Ruger no meio daquela massa fedida de conchas, cabeças de peixe e borra de café. O saco volta para a lixeira, e os outros vão em cima. As luvas são a última coisa a sumir. A operação toda levou menos de trinta segundos. Com passos tranquilos, ela continua andando no sentido oeste.

No dia seguinte, às onze da manhã, o guarda Paolo Vella, da Polizia di Stato, está tomando um café com um colega, no balcão de um café, na Piazza Olivella. Foi uma longa manhã; Vella ficou desde a madrugada no cordão policial em volta da entrada principal do Teatro Massimo, que agora é uma cena de crime. De modo geral, as pessoas mostraram respeito e se mantiveram afastadas. Não houve um anúncio oficial, mas parece que toda a Palermo sabe que don Salvatore Greco foi assassinado. São muitas teorias, mas a premissa geral é que tenha sido assunto de família. Circula um boato de que o crime foi cometido por uma mulher. Mas sempre existem boatos.

— Olha só aquilo — sussurra Vella, esquecendo por um instante toda a história do assassinato de Greco.

O colega acompanha seu olhar do café até a rua movimentada, onde uma jovem de vestido azul — nitidamente uma turista — parou para olhar a revoada súbita de um bando de pombos. Seus lábios estão entreabertos, os olhos cinzentos brilham, e o sol da manhã ilumina seu cabelo curto.

— Madona ou puta? — pergunta o colega de Vella.

— Madona, sem dúvida.

— Nesse caso, Paolo, boa demais para você.

Ele sorri. Por um instante, no torpor daquela rua ensolarada, o tempo para. E então, enquanto os pombos voam em torno da praça, a jovem segue seu caminho, deslizando as longas pernas, e se perde na multidão.

2

Villanelle está sentada à janela da ala sul do Museu do Louvre, em Paris. Ela usa um suéter de caxemira preta, saia de couro e botas de salto baixo. O sol de inverno brilha do outro lado da janela em arco, iluminando a estátua de mármore branco na frente dela. Em tamanho real, com o nome *Psiqué reanimada pelo beijo do Amor*, foi esculpida pelo italiano Antonio Canova, nos últimos anos do século XVIII.

É uma obra linda. Psiqué, despertando, ergue os braços para o seu amante alado, envolvendo o rosto dele. Cupido, por sua vez, sustenta delicadamente a cabeça e o seio dela. Cada gesto remete ao amor. Mas para Villanelle, que está há uma hora observando o ir e vir de visitantes, a criação de Canova sugere possibilidades mais sinistras. Cupido está inspirando uma falsa segurança em Psiqué, para poder estuprá-la? Ou Psiqué está usando a sexualidade para manipulá-lo, fingindo-se de passiva e feminina?

Não é surpresa que as pessoas aparentemente interpretem a escultura pelo que o título romântico sugere. Um casal jovem imita a pose, aos risos. Villanelle observa atentamente, repara no olhar brando da moça, no tremular lento de seus cílios, no sorriso que dá lugar a recatados lábios entreabertos. Recriando a cena na mente como se fosse uma frase em outro idioma, Villanelle a armazena para usar no futuro. Ao longo de seus vinte e seis anos de vida, ela adquiriu um vasto repertório de expressões semelhantes. Ternura, compaixão, angústia, culpa, choque, tristeza... Villanelle nunca chegou a sentir nenhuma dessas emoções, mas sabe simular todas.

— Querida! Achei você.

Villanelle ergue o olhar. É Anne-Laure Mercier, atrasada como sempre, com um grande sorriso envergonhado. Villanelle sorri, e elas trocam beijinhos e saem caminhando na direção do Café Mollien, no primeiro andar do museu.

— Tenho um segredo para te contar — confidencia Anne-Laure. — E você não pode contar para *ninguém*.

Anne-Laure é a coisa mais próxima de uma amiga que Villanelle tem. Elas se conheceram, por mais absurdo que pareça, no cabeleireiro. Anne-Laure é bonita, extrovertida, bastante solitária e trocou a vida em uma grande empresa de relações públicas por um casamento com um homem rico dezesseis anos mais velho. Gilles Mercier é um funcionário de cargo importante no Tesouro. Ele trabalha em jornadas excessivamente longas, e suas maiores paixões são sua adega de vinhos e a coleção pequena, mas importante, de relógios em *ormolu* do século XIX.

Mas Anne-Laure quer diversão, uma commodity lamentavelmente rara na vida que partilha com Gilles e seus relógios. Então, antes mesmo de as duas chegarem à escadaria curva de pedra que leva ao restaurante, ela despeja os detalhes de seu último caso; um dançarino brasileiro de dezenove anos do cabaré Paradis Latin.

— Só cuidado — alerta Villanelle. — Você tem muito a perder. E a maioria de seus supostos amigos falaria direto com Gilles, se desconfiassem que você pula a cerca.

— Tem razão, falariam mesmo. — Anne-Laure dá um suspiro e passa o braço pelo de Villanelle. — Você é um amor, sabia? Nunca me julga e sempre se preocupa.

Villanelle dá um aperto no braço da mulher.

— Eu gosto de você. Não quero que sofra.

A verdade é que lhe convém andar com Anne-Laure. Ela é bem relacionada e tem acesso às coisas boas da vida. Desfiles de alta-costura, mesas nos melhores restaurantes, afiliação aos melhores clubes. Além do mais, não é exigente em termos de companhia, e duas mulheres juntas chamam muito menos atenção do que uma sozinha. O lado ruim é que Anne-Laure é sexualmente descuidada, e é apenas uma questão de tempo até alguma indiscrição chegar aos ouvidos de Gilles. Quando isso acontecer, Villanelle não quer passar a impressão de que teve qualquer parte na infidelidade da esposa. Ela definitivamente não quer despertar a hostilidade de um funcionário público importante.

— Então, por que você não está vendendo a descoberta no Índice Nikkei, ou seja lá o que vocês fazem no pregão? — pergunta Anne-Laure, quando elas finalmente se acomodam em uma mesa.

Villanelle sorri.

— Até supercapitalistas precisam de folga. Além do mais, eu queria saber desse seu cara novo.

Ela observa a prataria e os cristais reluzentes, as flores, os quadros, o brilho dourado das luzes. Do lado de fora, para além das janelas altas, o céu se transformou em um cinza carregado de neve, e os Jardins das Tulherias estão quase desertos.

Enquanto elas comem e Anne-Laure fala de seu novo *amour*, Villanelle faz ruídos de quem está acompanhando, mas sua mente viaja. Vida boa e roupas de grife são ótimas, mas já faz meses desde a operação em Palermo, e ela precisa desesperadamente sentir o coração palpitar com a perspectiva de entrar em ação. Mais que isso, quer confirmar que é valorizada, que a organização a considera um recurso de primeira linha.

Ela ainda enxerga, a meio mundo de distância, a sombra sinistra do centro de detenção de Dobryanka. Konstantin havia perguntado se valeu a pena jogar a vida fora para vingar o pai, que também tinha debandado para o mal. Olhando assim, é claro que não. Mas, se pudesse voltar no tempo, ela sabe que agiria exatamente da mesma forma.

O pai dela tinha sido um instrutor de combate corpo a corpo antes de começar a fazer bicos para o Círculo dos Irmãos. Ainda que Boris Vorontsov não tenha sido o pai ideal, com seu gosto por prostitutas e bebedeiras, despachando Oxana para o orfanato sempre que viajava a serviço, eles eram do mesmo sangue, e o pai era tudo o que restara depois da morte de sua mãe.

Não ganhou muitos presentes de aniversário ou de Natal, mas seu pai a ensinou a se defender, e ainda mais. Houve dias memoráveis na floresta, lutando na neve, atirando em latas com a velha pistola Makarov de serviço dele, derrubando troncos de bétula com o facão da Spetsnaz. Ela havia odiado o facão no início, pois o achava pesado e difícil de usar, mas ele ensinara que o segredo era o ritmo. Acertando isso, o peso da lâmina e a trajetória do movimento resolviam o resto.

Tinha sido fácil descobrir quem o matara. Todo mundo sabia; a ideia era essa. Boris havia tentado defraudar os Irmãos descaradamente, e eles o mataram e abandonaram seu corpo na rua. Na noite seguinte, Oxana entrou no Pônei Clube de Ulitsa Pushkina. Os três homens que procurava estavam perto do bar, bebendo e rindo, e quando, sorrindo sugestivamente, ela caminhou na direção deles, os três se calaram. Com a jaqueta do Exército e uma calça jeans vagabunda, ela não parecia muito uma *shlyukha*, uma prostituta, mas com certeza estava agindo como se fosse.

Com uma expressão provocadora e divertida, Oxana parou na frente deles por um instante, olhando cada rosto. Então se agachou, ergueu os braços, pegou nas costas o cabo do facão guardado na bainha de lona e se levantou, flexionando os joelhos do jeito que o pai havia ensinado. Meio quilo de aço com acabamento de titânio cortou o ar em um borrão, e a lâmina afiada passou livre pelo pescoço do primeiro homem antes de ser cravada profundamente embaixo da orelha do segundo. A mão do terceiro homem desceu até a cintura, mas era tarde demais: Oxana já havia soltado o facão e sacado a Makarov. À sua volta, ela mal se deu conta dos sons de respiração nervosa, gritos reprimidos, pessoas se afastando.

Ela atirou na boca aberta dele. O estrondo foi ensurdecedor naquele espaço fechado, e por um instante o homem ficou olhando para ela. Sangue e massa cinzenta escorriam de um fragmento branco de osso solto atrás da cabeça dele. Então suas pernas cederam, e o sujeito caiu no chão ao lado do primeiro homem, que de alguma forma ainda estava de joelhos, enquanto um barulho desesperado, como o de alguém sugando os restos de um milk-shake quase no fim, vinha do rasgo ensanguentado sob seu queixo. O segundo homem também não tinha morrido ainda. Ele estava caído, em posição fetal, no meio do lago vermelho que não parava de crescer. Seus pés se debatiam debilmente, e os dedos das mãos tentavam segurar o facão enterrado no canto de sua mandíbula.

Oxana os observou, irritada pela incapacidade deles de morrer. O que a deixou mais furiosa foi o homem ajoelhado, fazendo aquele barulho desagradável de McFlurry de morango. Então ela se ajoelhou ao lado do sujeito, encharcando de sangue seu jeans da Kosmo. Os olhos dele perdiam o foco, mas seu rosto ainda tinha uma interrogação.

— Eu sou a filha dele, seu puto — sussurrou ela e, apoiando o cano da Makarov na nuca dele, apertou o gatilho. Mais uma vez, o estrondo foi horrivelmente alto, e o cérebro do homem foi parar em todo canto, mas o gorgolejo parou.

— *Chérie!*

Ela pisca. O restaurante reaparece.

— Desculpe. Eu estava com a cabeça nas nuvens... O que foi que você disse?

— Café?

Villanelle sorri para o garçom que aguarda pacientemente ao seu lado.

— Expresso pequeno, obrigada.

— Sério, querida, às vezes eu me pergunto aonde você vai com esses seus devaneios. Está saindo com alguém e não me contou?

— Não. Não se preocupe, você seria a primeira a saber.

— Acho bom. Você às vezes é muito misteriosa. Deveria sair comigo mais vezes, e não estou falando de fazer compras ou ver desfiles de moda. Quero dizer... — Ela desliza a ponta do dedo pela base da taça embaçada de champanhe. — Coisas mais *divertidas*. A gente podia ir ao Le Zéro Zéro, ou ao L'Inconnu. Conhecer umas pessoas novas.

Dentro da bolsa, o celular de Villanelle vibra. É uma mensagem de uma palavra só: CONECTAR.

— Tenho que ir. Trabalho.

— Ah, por favor, Vivi, você é impossível. Nem tomou seu café ainda.

— Não tem problema.

— Você é tão *chata*.

— Eu sei. Desculpe.

Duas horas depois, Villanelle está no escritório de seu apartamento de cobertura na Porte de Passy. Do outro lado da janela de vidro liso, o céu tem cor de aço frio.

O e-mail contém algumas linhas de texto sobre condições de esqui em Val-d'Isère e meia dúzia de fotos do resort anexadas. Villanelle extrai a senha e acessa o conjunto de dados comprimidos embutidos nas imagens. É um rosto, visto de vários ângulos. Um rosto que ela memoriza como o texto. O rosto do próximo alvo.

A Thames House, sede do serviço britânico de segurança, o MI5, fica em Millbank, em Westminster. No terceiro andar, na sala do canto norte, Eve Polastri olha para a ponte Lambeth e a superfície do rio agitada pelo vento. São quatro da tarde, e ela acaba de descobrir, com sentimentos conflitantes, que não está grávida.

No terminal vizinho, Simon Mortimer, seu auxiliar, recoloca a xícara no pires.

— A lista da semana que vem — diz ele. — Vamos repassar?

Eve tira os óculos de leitura e esfrega os olhos. Niko, seu marido, diz que são olhos sábios, embora ela só tenha vinte e nove anos, e ele seja quase uma década mais velho. Ela e Simon trabalham juntos há pouco mais de dois meses. O departamento deles, conhecido como P3, é uma subdivisão do Grupo de Análise de Serviços Conjuntos, e sua função é avaliar ameaças contra indivíduos de "alto risco" que entram no Reino Unido e, se necessário, interagir com a Polícia Metropolitana para fornecer proteção especializada.

Em muitos sentidos, é um trabalho ingrato, pois os recursos da polícia não são ilimitados, e a proteção especializada é cara. Mas as consequências de uma decisão ruim são catastróficas. Como Bill Tregaron, o antigo chefe da divisão dela, disse certa vez, antes de sua carreira desabar: "Se você acha que um fundamentalista vivo é uma dor de cabeça, espere até ter que lidar com um morto".

— Pode começar — diz Eve para Simon.

— Nasreen Jilani, a escritora paquistanesa. Ela vai discursar na Oxford Union na quinta-feira da semana que vem. Recebeu ameaças de morte.

— Plausíveis?

— Um pouco. A SO1 aceitou mandar uma equipe para ela.

— Continue.

— Reza Mokri, o físico nuclear iraniano. Também, proteção total.

— Concordo.

— E tem o russo, Kedrin. Em relação a ele, não sei.

— O que você não sabe?

— Se devemos levar a sério. Quer dizer, não podemos pedir à polícia que paparicasse tudo quanto é teórico político maluco que aparece em Heathrow.

Eve assente. Sem maquiagem e com o cabelo castanho amarrado em um coque frouxo, ela parece alguém para quem beleza não é prioridade. Poderia ser uma acadêmica, ou vendedora em uma livraria de boa qualidade. Mas tem algo nela — uma calma, uma fixação no olhar — que conta outra história. Os colegas de Eve Polastri a conhecem como uma caçadora, uma mulher que não desiste facilmente.

— Então quem pediu proteção para Kedrin? — pergunta ela.

— Eurásia UK, o grupo que organizou a visita dele. Verifiquei as credenciais, e são...

— Eu sei quem são.

— Então você sabe o que eu quero dizer. Eles parecem mais rabugentos que perigosos. Essa história toda de ligação mística entre a Europa e a Rússia e de que eles deveriam se unir contra a corrupção e o expansionismo dos Estados Unidos...

— Eu sei. É bem doido. Mas eles têm apoio de sobra. Incluindo no Kremlin.

— E Viktor Kedrin é o garoto-propaganda deles.

— Ele é o ideólogo. O rosto do movimento. Figura carismática, aparentemente.

— Mas em Londres não está em risco iminente, certo?

— Talvez sim, talvez não.

— Quer dizer, quem iria ameaçá-lo? Os americanos não são fãs dele, óbvio, mas não vão mandar um drone bombardear High Holborn.

— É lá que ele vai ficar?

— É, em um lugar chamado Vernon.

Eve faz que sim.

— Acho que você tem razão. Não precisamos incomodar a Central de Proteção por causa do sr. Kedrin. Mas acho que talvez eu vá ver o discurso dele... Imagino que ele vá falar para apoiadores da Eurásia UK em algum momento, não?

— No Conway Hall. Sexta-feira que vem.

— Ótimo. Me mantenha informada.

Simon inclina a cabeça em obediência. Embora tenha apenas vinte e poucos anos, ele exibe a solenidade superior de um vigário metropolitano.

Digitando o código de verificação, Eve abre a lista ARS, ou Alto Risco de Segurança. Essa lista, que circula entre serviços de inteligência parceiros e aliados ocasionais, como a FSB, da Rússia, e o CID, do Paquistão, é um banco de dados de assassinos de aluguel internacionais. Não capangas locais ou atiradores contratados, mas assassinos de primeira linha que têm clientes políticos e preços acessíveis apenas para os seriamente ricos. Alguns dos registros são longos e detalhados, e outros se limitam a um codinome descoberto através de vigilância ou interrogatórios.

Já faz mais de dois anos que Eve vem montando o próprio arquivo de assassinatos de figuras proeminentes não solucionados. Um caso ao qual ela volta constantemente é o de Dragan Horvat, um político dos Bálcãs. Horvat era uma criatura excepcionalmente bizarra, envolvida com tráfico de pessoas e muito mais, mas isso não salvou Bill Tregaron quando Horvat foi assassinado sob os cuidados dele no centro de Londres. Bill foi dispensado e transferido para o GCHQ, o centro de escutas do governo, em Cheltenham, e Eve, que era sua auxiliar, virou chefe de divisão na P3.

Horvat foi morto durante uma viagem a Londres com a namorada, uma jovem de dezessete anos, de Tblisi, viciada em heroína, que se chamava Irema Beridze. Oficialmente, ele estava em Londres como integrante de uma delegação comercial de alto escalão; na realidade, ele e Irema passaram a maior parte do tempo fazendo compras. Eles haviam acabado de sair de um restaurante japonês em uma escura rua secundária de Bayswater, quando um vulto apressado esbarrou com força em Horvat e quase o derrubou no chão.

Bem-humorado, calibrado de saquê, Horvat, a princípio, não percebeu que tinha sido esfaqueado. Ele chegou até a pedir desculpas para o vulto, que já havia desaparecido, antes de se dar conta do sangue quente que escorria de sua virilha. Boquiaberto com o choque, ele caiu no asfalto, apertando inutilmente com uma das mãos a artéria femoral cortada. Morreu em menos de dois minutos.

Irema ainda estava lá parada, tremendo e confusa, quando um grupo de empresários japoneses saiu do restaurante quinze minutos depois. O inglês deles não era bom, e o dela, nulo, e se passaram mais uns dez minutos até alguém ligar para a emergência. Irema ficou profundamente traumatizada e, a princípio, insistiu que não conseguia se lembrar de nada do ataque. Mas com a paciência e a ajuda de um intérprete da Geórgia, um agente do Serviço SO15 da Polícia Metropolitana conseguiu extrair um único fato crucial. Dragan Horvat foi morto por uma mulher.

Assassinas profissionais são muito raras, e desde que entrou para o Serviço, Eve só soube da existência de duas. Segundo o arquivo da ARS, a FSB usava uma mulher chamada Maria Golovkina para alvos no exterior. Acredita-se que Golovkina, que fez parte da equipe russa de tiro esportivo nos Jogos de Atenas, foi treinada como assassina secreta na base da Spetsnaz, em Krasnodar. O arquivo também inclui referências a uma assassina sérvia, associada ao notório clã Zemun, chamada Jelena Markovic.

Nenhuma das duas poderia ter matado Horvat, pelo simples motivo de que, quando o político faleceu em Londres, ambas estavam mortas. Golovkina fora encontrada enforcada dentro do armário de um hotel em Brighton Beach, mais de um ano antes, e Markovic morrera quatro meses antes disso, explodindo junto com um carro-bomba, em Belgrado. Então, se Irema Beridze tinha razão, havia uma nova assassina à solta. E Eve se interessa muito por isso.

Ela não sabe exatamente por quê. Talvez seja porque ela própria não consegue se imaginar tirando a vida de alguém, então fica fascinada pela ideia de uma mulher para quem o ato de matar não é nada de mais. Alguém que seria capaz de acordar de manhã, preparar o café, escolher a roupa do dia, sair de casa e matar a sangue-frio uma pessoa totalmente desconhecida. Será que era preciso ser uma anomalia, uma psicopata maluca, para conseguir fazer isso? Será que a pessoa tinha que nascer assim? Ou qualquer mulher, se fosse programada corretamente, podia se transformar em uma assassina profissional?

Desde que assumiu a P3, depois de Bill, Eve realizou uma busca discreta, porém exaustiva, pelos casos em aberto, para identificar qualquer sugestão de envolvimento de alguma mulher em assassinatos, e já encontrou duas referências. A primeira tem a ver com a morte do oligarca russo Aleksandr Simonov, na Alemanha; suspeitava-se que ele financiasse militantes chechenos e daguestanenses em um acordo associado a concessões de petróleo e gás. O assassino, que disparou com uma submetralhadora FN P90 uma rajada de seis tiros que atingiram o peito de Simonov na frente da sucursal do banco AltInvest, em Frankfurt, usava um sobretudo impermeável e um capacete fechado e fugiu em um veículo depois identificado como uma moto BMW G650x. Mais tarde, cerca de uma dúzia de testemunhas foi interrogada, e duas declararam ter "a impressão" de que o assassino era uma mulher.

O outro caso, o homicídio à queima-roupa de um chefão da máfia chamado Salvatore Greco, na Sicília, não parece ter motivações políticas. Os boatos locais atribuem o crime, de forma direta ou indireta, a Leoluca Messina, sobrinho do morto, que depois assumiu a liderança do clã dos Greco. Mas a imprensa também especulou sobre a presença de uma cúmplice, uma tal "mulher do vestido vermelho". Segundo os investigadores da DIA, a Direzione Investigativa Antimafia, Greco foi encontrado morto em um camarote do Teatro Massimo, em Palermo, depois de um espetáculo de ópera. Ele havia recebido dois tiros de projéteis .22 de baixa velocidade, à queima-roupa, no coração. Seus dois guarda-costas também estavam mortos no chão do camarote, executados cada um com uma única bala na base do crânio.

Sabe-se que Leoluca Messina estava no teatro naquela noite, e uma testemunha disse tê-lo visto no bar pouco antes do começo do espetáculo, conversando com uma mulher deslumbrante de cabelo escuro e vestido vermelho. Aparentemente, eles não se sentaram juntos, mas imagens do circuito fechado de TV mostram Messina saindo do teatro por uma porta dos fundos, pouco depois de a cortina descer pela última vez. Atrás, perto dele, vem uma figura fora de foco: uma mulher de vestido vermelho, com o cabelo escuro solto na altura dos ombros. O rosto dela não está visível, oculto pelo programa da ópera que ela segura como se estivesse se abanando.

O que, Eve pensa, definitivamente não é por acaso. A mulher sabia muito bem da presença da câmera. Mas o detalhe mais estranho é algo que a DIA não revelou ao público. Antes de ser morto, Greco foi imobilizado com uma dose letal de tranquilizante, que aparentemente foi administrada por um dispositivo feito sob medida que estava cravado em seu olho esquerdo. No sistema, o arquivo do caso contém uma foto desse dispositivo, além de detalhes sobre seu mecanismo interno. O negócio tem um aspecto sinistro: um grampo curvo de aço, oco, dotado de um reservatório interno e um êmbolo minúsculo.

Por que era necessário incapacitar Greco assim antes de atirar nele? Essa pergunta vem perturbando Eve há algum tempo, e desde que leu o arquivo do caso pela primeira vez, ela ainda não faz a menor ideia da resposta. Considerando que o assassinato aconteceu em um local essencialmente público, *não faria mais sentido resolver tudo rápido*? Por que, com o risco de descoberta a qualquer momento, o assassino protelaria?

Eve ainda está refletindo nessa questão quando chega ao seu apartamento, em Finchley, alguns minutos antes das oito. Niko, seu marido, não está em casa; ele foi para o clube de bridge, onde dá aula três noites por semana. Ele deixou um *pierogi* — um tipo de pastel polonês — no forno, que Eve pega com gosto. Ela não é muito de cozinha e odeia ter que preparar algo do zero para comer depois de um longo dia na Thames House.

Enquanto come, ela assiste ao jornal das oito na BBC. Avisam da aproximação de uma frente fria vinda do leste ("Confira se a manutenção do seu aquecedor está em dia!"), passam uma reportagem tremendamente pessimista sobre a economia e transmitem cenas gravadas de um comício em Moscou, onde uma figura barbada enérgica discursa para uma multidão atenta em uma praça coberta de neve. Uma legenda desfocada o identifica como Виктор Кедрин.

Eve inclina o corpo para a frente, segurando uma garfada de *pierogi*. Apesar da baixa qualidade da imagem, o magnetismo de Viktor Kedrin é palpável. Ela se esforça para ouvir as palavras dele por baixo da fala do comentarista, mas o jornal corta para a história de um gatinho órfão que foi adotado por um chihuahua.

Quando termina de comer, Eve tira a roupa de trabalho e veste calça jeans, moletom e um casaco corta-vento de zíper. O resultado não é satisfatório, mas ela não vai se dar ao trabalho de pensar duas vezes. Passa os olhos pelo apartamento, do estreito corredor de entrada cheio de livros empilhados até a altura da cintura ao varal cheio de roupas na cozinha. Diz para si mesma que, se e quando engravidar, eles vão precisar de um lugar maior. Por um instante, permite que seus pensamentos repousem nos prédios espaçosos de tijolo vermelho no Netherhall Gardens, a meros cinco minutos de distância. Um apartamento no primeiro andar de um daqueles seria perfeito. E mais ou menos tão provável de ela e Niko conseguirem bancar quanto o palácio de Buckingham. A renda conjunta de uma agente dos serviços de segurança e de um professor não comporta um lugar assim. Se quisessem algo maior, precisariam se mudar para mais longe. Barnet, talvez. Ou Totteridge. Ela esfrega os olhos. Até pensar em mudança é cansativo.

Eve fecha o casaco. O clube fica a dez minutos de casa e, durante a caminhada, ela pensa naquela frente fria que está vindo do leste. Parece prometer não só gelo e neve, mas também perigo.

* * *

É noite de competição no Clube de Bridge de West Hampstead, e o espaço se enche rapidamente. A sala de jogos foi ocupada por cadeiras de plástico e mesas dobráveis revestidas de baeta. Lá dentro está quente, em comparação com o frio das ruas, e um burburinho animado de conversa cerca o bar.

Eve vê Niko Polastri, seu marido, imediatamente. Ele está jogando uma partida de treino com três iniciantes. Seu olhar é atento, e os movimentos, econômicos. Mesmo de longe, Eve percebe pela linguagem corporal dos novatos que eles estão ansiosos para impressioná-lo. Uma loira de cabelo armado joga uma carta de saída, e Niko a observa por um instante antes de, com um sorriso educado, pegá-la e devolvê-la para a mulher. Ela parece confusa por um segundo, e então a mão sobe à boca, e todo mundo na mesa ri.

Niko tem talento para transmitir conhecimento com elegância e humor. Na escola em que ele dá aula de matemática, no norte de Londres, os alunos gostam dele, embora sejam considerados um grupo difícil. No clube, onde ele é um dos quatro instrutores principais, os membros disputam abertamente por sua aprovação, e até os veteranos mais inflexíveis se derretem quando recebem algum elogio por uma finesse bem executada, ou pelo cumprimento de um contrato improvável.

Eve conheceu Niko há quatro anos, quando entrou para o clube. Na época, ela não estava muito interessada em aprender a jogar melhor e sim em arranjar uma vida social independente das atribulações intensas e isoladas da Thames House. Uma vida social que, talvez, viesse com um homem bonito e inteligente. Ela visualizava uma figura sofisticada, sem traços muito definidos, conduzindo-a por uma larga escadaria até um restaurante chique no West End.

O clube de bridge, cuja idade média dos membros era de pouco mais de cinquenta anos, não proporcionou esse homem.

Se ela quisesse conhecer contadores aposentados ou dentistas viúvos, aquele era o lugar certo, mas solteiros bonitos com menos de quarenta anos estavam em falta. Niko não estava lá quando Eve se apresentou pela primeira vez; ela e outros aspirantes foram atendidos pela sra. Shapiro, a secretária de cabelo azul do clube.

Desmotivada com a experiência, ela ficou na dúvida se voltaria na semana seguinte. Mas voltou, e dessa vez Niko estava lá. Alto, com pacientes olhos castanhos e o bigode de um oficial de cavalaria do século XIX, ele tomou conta de Eve assim que ela chegou, acompanhando-a até uma mesa, chamando outros dois jogadores e formando dupla com ela por meia dúzia de partidas sem fazer comentários. Depois, ele dispensou os outros dois e se virou para ela do outro lado da mesa.

— Então, Eve. Você quer a boa notícia, ou a notícia não tão boa?

— Acho que a não tão boa.

— Certo. Bom, você entende o básico do jogo. Aprendeu quando era pequena?

— É, meus pais jogavam.

— E você gosta muito de vencer.

Eve o encarou.

— É tão óbvio assim?

— Para outras pessoas, talvez não. Você gosta de bancar a *myszka*, a ratinha. Mas eu vejo a raposa.

— Isso é bom?

— Pode ser. Mas você tem defeitos.

— Uma raposa defeituosa?

— Exatamente. Se quiser fazer um jogo estratégico, precisa saber logo onde estão todas as cartas. Para isso, você precisa se concentrar mais nas jogadas dos seus oponentes. Você precisa se lembrar dos lances do leilão e contar cada naipe.

— Certo. — Ela digeriu a informação por um instante. — Então qual é a boa notícia?

— A boa notícia é que tem um pub muito bom a cinco minutos daqui.

Ela riu. Eles se casaram naquele mesmo ano.

Nesta noite, o parceiro de bridge de Eve é um rapaz de uns dezenove anos, que entrou para o clube no outono, junto de outros dois colegas do Imperial College. Ele tem um ligeiro ar de cientista maluco, mas sabe jogar incrivelmente bem, e no West Hampstead é isso que conta.

Depois da incerteza inicial, Eve passou a aguardar ansiosamente pelas noites que passa no clube. Alguns dos membros têm a mesma idade de seus pais ou até, em um ou dois casos, de seus avós. Mas o nível de jogo é alto e, depois de um dia rigoroso na Thames House, ela gosta da ideia de um desafio intelectual puro e simples.

No fim da noite, ela agradece ao seu parceiro. Eles terminaram em quarto na classificação geral, um bom resultado, e ele dá um sorriso meio constrangido e se afasta. Na entrada, Niko ajuda Eve a vestir o casaco impermeável como se fosse um Chanel, um pequeno gesto de cavalheirismo que não é ignorado por outras mulheres no clube, que lançam olhares invejosos para ela.

— Então, como foi o seu dia? — pergunta Eve, enlaçando com firmeza o braço dele durante o caminho de volta para o apartamento. Acabou de começar a nevar, e ela pisca quando os flocos caem em seu rosto.

— Os meninos do ensino médio entenderiam melhor cálculo diferencial se não ficassem acordados até as duas da madrugada, jogando Final Attrition 2. Ou talvez não. E o seu?

Ela hesita.

— Tenho um problema para você. Passei o dia todo tentando solucionar.

Niko sabe o que ela faz, e embora ele nunca peça informações, Eve sempre pensa que uma mente como a dele seria muito útil para os chefes dela. Ao mesmo tempo, a ideia de Niko andando pelos corredores indistintos da Thames House a enche de pavor. É o mundo dela, mas não gostaria que fosse o dele.

Depois de terminar o mestrado em matemática pura e aplicada na Universidade de Cracóvia, Niko rodou a Europa em uma van surrada, junto de um amigo chamado Maciek. Morando e dormindo no veículo, a dupla viajou de torneio em torneio — bridge, xadrez, pôquer, tudo que oferecesse prêmio em dinheiro — e, depois de dezoito meses na estrada, acabou faturando mais de um milhão de *zloty* ao todo. Maciek gastou sua parte em menos de um ano, principalmente com as garotas do Pasha Lounge, na Ulitsa Mazowiecka de Varsóvia. Niko foi para Londres.

— Diga — responde ele.

— Certo. Três homens mortos no chão de um camarote de teatro, depois de um espetáculo. Dois guarda-costas e um chefão da máfia. Todos mortos a tiros. Mas antes doparam o chefe. Injetaram um agente imobilizador em um de seus olhos. Qual é a história? Por que ele não levou só tiro, como os guardas?

Niko fica em silêncio por um minuto.

— Quem morreu primeiro?

— Imagino que os guarda-costas. O assassino, que acreditam que seja o sobrinho do mafioso, usou um silenciador. Arma de calibre baixo à queima-roupa.

— Tiros no corpo?

— O mafioso, sim. Os guarda-costas, na nuca. Nenhuma sujeira. Muito profissional.

— E a seringa, ou sei lá o quê? O agente imobilizador. O que sabemos disso?

— Eu mostro.

Ela tira da bolsa uma cópia da foto. Eles param por um instante sob um poste de luz, em meio a um turbilhão de flocos de neve.

— Negócio feio. — Ele sopra neve do bigode. — Mas inteligente. E talvez não tenha sido o sobrinho. Tem alguma mulher na história?

Ela o encara.

— Por que você diz isso?

— O primeiro problema da pessoa é passar pelos guarda-costas com uma arma. Os caras devem ser fortes e experientes.

— Certo.

— Já isto, por outro lado... — Ele ergue a foto. — Eles não vão prestar atenção nisso.

— Por que não?

Ele enfia a mão no bolso do casaco e pega uma caneta.

— Aqui, se eu desenhar um arame que prende aqui e que encaixa aqui, o que é isto?

Eve olha para o papel.

— Puta merda. Como é que eu não percebi isso? — Sua voz agora é um sussurro. — É uma presilha de cabelo. A porra de uma presilha feminina.

Niko a encara.

— Então, tem alguma mulher na história?

No salão da classe executiva do aeroporto Charles de Gaulle, Villanelle confere o celular. Uma mensagem codificada confirma que Konstantin irá encontrá-la no La Spezia, na Gray's Inn Road, em Londres, às duas da tarde, como combinado. Ela guarda o aparelho de volta na bolsa e toma um gole do café. A temperatura do salão está agradável, e há assentos cuidadosamente moldados com tons amenos de branco e bege; as paredes são salpicadas de silhuetas luminosas em forma de folhas. Do outro lado do janelão de vidro, o cinza do asfalto, da neve suja e do céu é praticamente indistinguível.

Villanelle está viajando com um passaporte falso, em nome de Manon Lefebvre, coautora de um boletim de investimentos francês. Seu disfarce é que ela está em Londres para conversar com uma editora on-line interessada em formar parceria. Em um sobretudo de comprimento médio, jeans boca fina e botas de cano curto, ela tem um aspecto profissionalmente anônimo. Não está maquiada e, apesar da estação, usa óculos de sol de lente cinza e armação de acetato; aeroportos atraem fotógrafos e, cada vez mais, autoridades da lei armados com sistemas de reconhecimento facial.

Um comissário da Air France aparece no salão e conduz os passageiros da classe executiva para o voo. Villanelle reservou o assento do corredor na primeira fila do Airbus parado e, embora faça questão de não cruzar olhares, repara que o homem sentado na janela, que no momento folheia uma revista do avião, está determinado a puxar assunto. Ela o ignora e, pegando um tablet 4G e fones de ouvido, logo se concentra em um vídeo.

As imagens mostram, em câmera lenta, a diferença de desempenho final entre duas munições de pistola disparadas em um bloco transparente de gelatina balística, um material de teste feito para simular tecido humano. Uma das munições é russa, e a outra, americana. Ambas são balas revestidas de ponta oca, desenvolvidas para produzir intenso choque cinético e permanecer no corpo do alvo, em vez de atravessá-lo. Sabendo que provavelmente vai operar em um cenário urbano movimentado, essa informação interessa a Villanelle. Será importante um abate discreto, de um tiro só. Ela não pode correr o risco de haver danos colaterais.

Ela franze o cenho, dividida entre as duas munições de ponta oca. A russa se expande no momento da entrada, e o revestimento se abre como pétalas de flor enquanto rasga carne e osso. Já a americana, em comparação, não deforma, mas vira de ponta-cabeça, produzindo uma cavidade devastadora no caminho. As duas têm méritos bastante consideráveis.

— Eu poderia pedir para a mademoiselle desligar o aparelho?

É a comissária de bordo, chique em seu terninho azul-marinho feito sob medida.

— Claro. — Villanelle dá um sorriso frio, desliga a tela e tira os fones do ouvido.

— Filme bom? — pergunta o companheiro, aproveitando a chance.

Ela reparou nele antes, no salão do aeroporto. Trinta e muitos anos e de beleza implausível, como um toureiro com roupas de grife.

— Na verdade, eu estava fazendo compras.

— Para si mesma?

— Não, outra pessoa.

— Alguém especial?

— É. Vai ser uma surpresa.

— Sortudo. — Ele a encara com olhos castanho-escuros. — Você é Lucy Drake, não é?

— Desculpe?

— Lucy Drake? A modelo?

— Sinto muito, não.

— Mas... — Ele pega a revista do avião e folheia as páginas até encontrar uma propaganda de perfume. — Esta não é você?

Villanelle olha para a folha. Realmente, a modelo tem certa semelhança impressionante com ela. Mas os olhos de Lucy Drake são de um verde penetrante. O nome do perfume é Printemps. Primavera. Villanelle tira os óculos. Seus olhos são do cinza congelante do inverno russo.

— Perdão — diz ele. — Erro meu.

— É um elogio. Ela é linda.

— É, sim. — Ele estende a mão. — Luis Martín.

— Manon Lefebvre. — Ela olha para a revista, agora no apoio de braço entre os dois. — Como você sabia o nome dessa modelo, se não se importa de eu perguntar?

— Eu sou do ramo. Minha esposa e eu temos uma agência, Tempest. Temos escritórios em Paris, Londres, Milão e Moscou.

— E essa Lucy Drake faz parte do seu catálogo?

— Não, acho que ela está na Premier. Não tem trabalhado muito.

— É mesmo?

— Parece que ela quer ser atriz. E acha que quanto mais trabalhos editoriais e de publicidade fizer, menor vai ser a chance de a levarem a sério.

— Então ela tem talento?

— Ela tem talento como modelo, o que é algo muito mais raro do que se pensa. Como atriz... — Ele encolhe os ombros. — Mas é muito comum as pessoas darem pouco valor a seus talentos verdadeiros, não acha? Elas sonham em ser algo que nunca vão conseguir.

— Você é espanhol? — pergunta Villanelle, afastando as perguntas pessoais que pressente a caminho.

— Sou, mas passo pouco tempo na Espanha. Nossas residências principais são em Londres e Paris. Você conhece Londres?

Ela reflete. Será que seis semanas de treinamento brutal em combate corpo a corpo nos pântanos de Essex contam? Uma quinzena disparando por curvas apertadas no curso de direção defensiva em Northwood? Uma semana aprendendo a arrombar fechaduras com um ladrão aposentado na Isle of Dogs?

— Um pouco — responde ela.

A comissária volta com champanhe. Martín aceita, Villanelle pede água mineral.

— Você devia pensar em virar modelo — diz ele. — Tem a estrutura facial para isso e o olhar de "vai à merda".

— Muito obrigada.

— É um elogio, pode acreditar. O que você faz?

— Finanças. Muito menos glamoroso, infelizmente. Então... Sua esposa era modelo?

— Elvira? É, no início, sim. E fez muito sucesso. Mas hoje em dia eu lido com as clientes, e ela administra o escritório.

A conversa segue o rumo previsível. Villanelle é discreta ao falar de seu alter ego Manon Lefebvre e insiste que Martín conte mais detalhes sobre a Tempest. Depois de duas taças e meia de Veuve Clicquot, ele está louco para falar de si, ao mesmo tempo que cobre Villanelle com uma série de elogios cada vez mais insinuantes.

Por um instante, ela cogita se ele é um infiltrado do MI5, ou do DGSE, o serviço francês de inteligência que atua no exterior. Mas ela não comprou a passagem para Londres com antecedência; pegou um táxi aleatório na porta das Galeries Lafayette, no Boulevard Haussmann, e pagou pela passagem em dinheiro ao chegar ao aeroporto. Graças a medidas básicas antivigilância, incluindo uma parada súbita em um posto de gasolina na beira da autoestrada A1, ela sabe que não foi seguida desde Paris. E Martín já estava no salão da classe executiva quando ela chegou, com o check-in feito. E, mais importante, seu instinto — bastante calibrado quando se trata da própria sobrevivência — diz que esse homem não está fingindo. Ele é mesmo esse sedutor vaidoso que parece ser. O engraçado dessas figuras narcisistas como Martín é que eles sempre acham que estão no controle — no trabalho, em conversas, durante o sexo.

A mente dela divaga para aquela noite em Palermo. Leoluca Messina podia ser qualquer coisa, mas não tinha nenhum problema de controle. Na verdade, ficou perfeitamente satisfeito de foder com ela sob a mira de uma Ruger carregada. De certo modo, o episódio todo foi bem romântico.

Konstantin está sentado diante do balcão do café, de frente para a porta e a Gray's Inn Road. Está com o *Evening Standard* aberto no caderno de esportes e bebe um cappuccino. Quando Villanelle entra, batendo os pés para tirar a neve da bota, ele levanta o olhar, com uma expressão vaga, e faz um gesto com a cabeça para que ela se sente do outro lado da mesa. A recepção morna elimina o potencial dramático do momento; ninguém repara na jovem vestida com casaco de brechó e touca de tricô. Ela pede uma xícara de chá, e a dupla começa a conversar em um volume inaudível. Se alguém tentasse usar microfones para espioná-los, os esforços seriam frustrados pelo ronco grave do aparelho de som e pelos chiados e engasgos do vapor da cafeteira Gaggia.

Durante trinta minutos, enquanto fregueses vêm e vão, eles debatem logística e armamentos em um russo rápido e idiomático. Konstantin barbariza o plano de Villanelle, jogando uma objeção atrás de outra, mas acaba admitindo a viabilidade. Ele pede outro cappuccino e mexe a xícara, pensativo.

— Palermo me preocupou — diz ele. — Aquilo que você fez, atravessar a cidade à meia-noite na garupa da moto de Messina, foi descuidado. As coisas poderiam ter dado muito errado.

— Improvisei. Eu estava no controle o tempo todo.

— Escute o que vou dizer e preste atenção. Você nunca está em completa segurança. E nunca pode confiar totalmente em ninguém.

— Nem em você?

— Sim, Villanelle, você pode confiar em mim. Mas uma parte sua deve sempre suspeitar, questionar, atentar para perigos. Uma parte sua *não deveria* confiar totalmente em mim. Quero que você sobreviva, certo? Não só porque é boa no que faz, mas...

Ele se interrompe, irritado porque sua preocupação com ela se tornou momentaneamente pessoal. Desde o início, naquela cabana junto ao rio Chusovaya, ele sentiu as contracorrentes de sexo e morte agitando-se sob a superfície fria dela. Soube que aquela avidez implacável que a move também pode destruí-la. Por um instante, ela parece quase vulnerável.

— Diga.

Os olhos dele varrem o café movimentado.

— Olha, neste momento, ninguém tem certeza de que você existe. Mas o que acontecer esta semana pode mudar tudo.

Os ingleses são um povo vingativo. Se você der uma pequena chance, as forças de segurança deles vão vir com tudo e não vão recuar.

— Então esta ação é importante?

— É vital. Nossos empregadores não tomam essas decisões de forma leviana, mas esse homem precisa ser eliminado.

Com um dedo, ela traça um V no chá derramado na superfície de melamina da mesa.

— Às vezes eu me pergunto quem são esses nossos empregadores.

— São pessoas que decidem como a história vai ser escrita. Nós somos soldados deles, Oxana. Nosso trabalho é moldar o futuro.

— Oxana morreu — murmura ela.

— E Villanelle precisa sobreviver.

Ela assente com a cabeça, e mesmo na penumbra invernal do café, ele percebe o brilho em seus olhos.

Mais tarde, acima da South Audley Street, em Mayfair, ela olha na direção oeste. Do lado de fora do janelão, o céu do crepúsculo tem cor de ferrugem, e as árvores são cinzentas. Flocos de neve batem placidamente no vidro.

O apartamento de cobertura está registrado no nome de um grupo de investimentos. Ele tem uma sala de TV e aparelhos de som de última geração, que Villanelle não vai usar, e uma despensa cheia, que ela vai esvaziar só um pouco. Durante as próximas quarenta e oito horas, ela vai passar a maior parte do tempo no quarto, como agora, sentada em uma cadeira Charles Eames branca de couro, esperando. Às vezes, ela aprecia a fisgada da solidão. Mas o que está sentindo agora é um vazio neutro, nem feliz nem infeliz. Ela pressente a subida da maré, um eco da ação que se aproxima. Konstantin fará a parte dele, mas no final serão só ela, Kedrin e o momento.

Ela passa o dedo na boca, no contorno suave da cicatriz. Tinha seis anos quando seu pai levou Kalif para casa. O animal, um cão de caça rejeitado pelo dono anterior, se afeiçoou fielmente à mãe de Oxana, que já estava muito doente. Oxana queria que Kalif a amasse também, e um dia subiu na cama de aço onde sua mãe passava dias e noites cada vez mais dolorosos e colocou o rosto bem perto do cachorro, que estava aninhado no cobertor fino. Rosnando e exibindo os dentes afiados, Kalif a atacou.

Saiu muito sangue, e o lábio rasgado de Oxana, suturado sem anestesia por um aluno de medicina de um apartamento vizinho, demorou para cicatrizar. Outras crianças ficavam reparando e, quando a ferida não era mais perceptível, a mãe de Oxana já estava morta, o pai, na Chechênia, e ela própria tinha sido relegada aos cuidados ternos do Orfanato Sakharov.

Villanelle poderia facilmente ter seu lábio superior remodelado por um cirurgião plástico, para fazê-lo formar a curva perfeita que a natureza havia criado, mas ela não quer. A cicatriz é o último vestígio de sua vida anterior, e ela não consegue se livrar disso.

Do nada, sente o frisson mórbido do desejo. Virando o corpo de lado no couro branco, ela junta as coxas e cruza os braços com força na frente dos seios pequenos. Fica alguns minutos assim, de olhos fechados. Ela reconhece a sensação, a voracidade. Sabe que, se não for saciada, a intensidade só vai aumentar.

Ela toma banho, se veste e penteia o cabelo. O elevador silencioso a leva até o térreo e dali para a rua. Ela pisca quando os primeiros flocos de neve atingem seu rosto. Carros passam com um sutil chiado dos pneus, mas não há muitos pedestres, só uma prostituta com casaco de pele de oncinha e saltos plataforma parada na esquina da Tilney Street, observando pacientemente a entrada do Hotel Dorchester. Caminhando no sentido norte, orientando-se por impulso, Villanelle sai da South Audley Street e entra na Hill Street. Ali passa por um arco e chega a uma rua mais apertada que dá em uma praça tão pequena que é quase um pátio. Um dos lados é ocupado por uma vitrine de galeria bastante iluminada, e em seu interior há uma mostra particular. A vitrine exibe um único objeto sob um holofote: uma doninha empalhada em cima de um pedestal, salpicada de granulado colorido.

Villanelle a observa. Os flocos granulados parecem bactérias se multiplicando. A instalação, ou escultura, ou o que quer que seja, não lhe diz nada.

— Vai entrar?

A mulher — trinta e muitos anos, vestido de festa preto, cabelo loiro-acinzentado preso em um coque — está com o corpo inclinado para fora da porta de vidro da galeria, mantendo-a entreaberta, para não deixar o ar frio entrar.

Villanelle encolhe os ombros, entra e quase imediatamente perde a mulher de vista. O lugar está cheio de convidados que parecem prósperos. Alguns olham para os quadros nas paredes, mas a maioria está virada para o meio do salão, conversando em grupos reduzidos enquanto os garçons circulam com canapés e garrafas de prosecco gelado. Pegando uma taça de uma das bandejas, Villanelle se instala em um canto. Parece que os quadros foram reproduzidos a partir de fotos ampliadas de jornal e cenas borradas de filmes. Grupos anônimos e vagamente sinistros, alguns com o rosto apagado. Um homem de casaco de gola de veludo está parado na frente do quadro mais próximo, um estudo de uma mulher no banco traseiro de um carro, e os traços assustados dela são iluminados por flashes de câmeras conforme ela ergue o braço para se proteger das lentes invasoras dos paparazzi.

Observando a expressão do homem — a testa ligeiramente franzida de concentração, o olhar firme —, Villanelle a imita. Ela quer ser invisível, ou pelo menos inacessível, até terminar a taça.

— O que você acha?

É a mulher que a convidou a entrar. O homem de gola de veludo se afasta.

— Quem é essa, no quadro? — pergunta Villanelle.

— A ideia é essa, não sabemos. Ela pode ser uma estrela de cinema chegando para uma noite de estreia, ou uma assassina condenada indo receber a sentença.

— Se ela fosse uma assassina, estaria algemada e chegaria ao tribunal em um furgão blindado.

A mulher olha para Villanelle, contempla o chique cabelo curto parisiense e a jaqueta de motoqueiro Balenciaga e sorri.

— Está falando por experiência própria?

Villanelle dá de ombros.

— É uma atriz decadente qualquer. E provavelmente está sem calcinha.

Há um silêncio demorado. Quando a mulher volta a falar, o registro de sua voz mudou sutilmente.

— Como você se chama? — pergunta ela.

— Manon.

— Então, Manon. Este evento vai durar mais uns quarenta minutos, e aí vou fechar a galeria. Depois, acho que devíamos comer sashimi de olho-de-boi no Nobu, na Berkeley Street. Que tal?

— Tudo bem — responde Villanelle.

O nome dela é Sarah, e seu aniversário de trinta e oito anos foi há um mês. Ela está falando de arte conceitual, e Villanelle assente vagamente com a cabeça, mas sem prestar muita atenção. Não nas palavras, pelo menos. Ela gosta das ondulações na voz de Sarah e se comove, de um jeito meio abstrato, pelas pequenas rugas de idade em volta de seus olhos e pela seriedade da mulher. Sarah lhe lembra, só um pouco, Anna Ivanovna Leonova, uma professora na escola de ensino médio de Industrialny e a única adulta, além do próprio pai, com quem Villanelle já estabeleceu um vínculo genuíno.

— Está bom? — pergunta Sarah.

Villanelle assente e sorri, examinando a tira perolada de peixe cru antes de esmagá-la entre os dentes, com um ar pensativo. Parece que está comendo o mar. Em torno delas, luzes suaves tocam superfícies de alumínio escovado, laca preta e ouro. Há um sussurro de música; conversas aumentam e diminuem. Os lábios da mulher formam palavras, e os olhos de Sarah encontram os dela, mas é a voz de Anna Ivanovna que Villanelle escuta.

Durante dois anos, a professora alimentou os dotes acadêmicos excepcionais de sua pupila e demonstrou uma paciência infinita pelo seu comportamento deselegante e praticamente desprovido de socialização. Então um dia Anna Ivanovna não apareceu. Ela havia sido atacada e agredida sexualmente enquanto esperava um ônibus atrasado depois da escola. No hospital, a professora conseguiu descrever o agressor para a polícia, e prenderam um ex-aluno de dezoito anos chamado Roman Nikonov, que havia se gabado de que pretendia mostrar à professora solteira "o que era um homem de verdade". Mas a polícia errou na investigação, e Nikonov acabou solto por causa de um detalhe técnico.

— Manon! — Ela sente a mão fria de Sarah segurar a dela. — Cadê você?

— Desculpe. Estava longe. Você me lembra alguém.

— Alguém?

— Uma professora da escola.

— Espero que ela tenha sido legal.

— Ela era. E parecia com você.

Só que não parecia. Não tinha nada a ver com Sarah. Por que pensou isso? Por que *disse* isso?

— Onde você cresceu, Manon?

— Em Saint-Cloud, perto de Paris.

— Com seus pais?

— Meu pai. Minha mãe morreu quando eu tinha sete anos.

— Ah, meu Deus. Que horrível!

Villanelle encolhe os ombros.

— Faz muito tempo.

— E como foi que...

— Câncer. Ela era só alguns anos mais nova que você. — Os disfarces já fazem parte da vida de Villanelle. Roupas que ela veste, tira e guarda para uma próxima ocasião.

— Sinto muito.

— Não se preocupe. — Recolhendo a mão, Villanelle abre o cardápio. — Olha isso! Geleia de morango selvagem com saquê. A gente *precisa* experimentar.

Ela sempre lamentou que estava escuro demais para ver a expressão de Roman Nikonov quando ela o castrou na mata perto do rio Mulyanka. Mas ela se lembra do momento. O cheiro da lama e do escapamento da motinho Riga dele. A pressão da mão dele em sua cabeça, obrigando-a a se ajoelhar. O grito gutural, que ecoou por boa parte do rio, quando ela sacou a faca e decepou seu saco.

Sarah mora em um apartamento minúsculo, em cima da galeria. Enquanto elas voltam para lá, andando de mãos dadas, deixam pegadas escuras na neve fresca.

— Certo, eu entendo os quadros, mas o que é *aquilo*? — pergunta Villanelle, apontando para a instalação misteriosa na vitrine da galeria.

Sarah digita um código no teclado ao lado da porta.

— Bom... A doninha empalhada foi um presente que me deram de brincadeira. E o granulado estava na cozinha. Então, juntei os dois. Bem divertido, não é?

Villanelle sobe atrás dela por uma escada estreita.

— Então não significa nada?

— O que você acha?

— Não acho nada. Não ligo.

— Então o que você...

Villanelle se vira e a prende à parede, calando-a com a boca. O momento era inevitável, mas Sarah ainda se surpreende.

Muito mais tarde, ela acorda e vê Villanelle sentada na cama, seu torso esbelto envolto pelos primeiros raios de sol do amanhecer. Estendendo o braço, Sarah desliza a mão pelo braço dela e sente as curvas firmes do deltoide e do bíceps.

— O que exatamente você disse que fazia? — pergunta ela, curiosa.

— Não disse.

— Está indo embora?

Villanelle assente com a cabeça.

— Vou vê-la de novo?

Villanelle sorri e toca o rosto de Sarah. Veste-se rápido. Do lado de fora, na pracinha, tem neve fresca e silêncio. De volta ao apartamento na South Audley Street, ela tira as roupas e dorme em questão de minutos.

Quando acorda, já passa de meio-dia. Na cozinha, uma cafeteira está pela metade de café Breakfast Blend, da Fortnum & Mason's, ainda quente. Algumas sacolas de bom tamanho estão perto da porta do apartamento, onde Konstantin as deixou.

Ela confere o conteúdo. Um par de óculos de armação tartaruga com lentes cinza-claro. Uma parca com capuz de borda de pele. Um suéter preto de gola rulê, uma saia xadrez, calças *skinny* pretas de lã e botas de zíper. Ela experimenta tudo, dá uns passos, acostuma-se com o visual. O conjunto precisa ser gasto, então ela toma uma xícara do café já morno, sai do prédio e atravessa a Park Lane em direção ao Hyde Park.

Ainda aquele céu cor de ferrugem, diante do qual as alamedas de faias e carvalhos sem folhas ficam com um tom mais escuro de marrom-acinzentado. Não é tarde, mas a luz já está indo embora. Villanelle anda rápido pelas trilhas ladeadas de neve suja, com mãos nos bolsos e cabeça baixa. Tem outras pessoas caminhando, mas ela mal olha. De tempos em tempos, estátuas aparecem em meio à penumbra, seus contornos obscurecidos pela neve incrustada. Em uma ponte balaustrada acima do Serpentine, ela para por um instante. Sob uma camada rachada e estrelada de gelo, a água é um negrume sem luz. Um domínio de trevas e esquecimento pelo qual, em dias como este, ela se sente atraída quase hipnoticamente.

— Tentador, não é?

Villanelle se vira, chocada por ouvir seus pensamentos serem ecoados com tanta precisão. Ele tem uns trinta anos, é esbelto, e a gola de seu paletó de tweed bem ajustado está levantada.

— Eu não pretendia nadar.

— Você entendeu. "Dormir, talvez sonhar..."

Os olhos dele são firmes e escuros como o rio congelado.

— Você gosta de Shakespeare?

Com a manga, ele empurra a neve da balaustrada e dá de ombros.

— Ele é um bom companheiro nas zonas de guerra.

— Você é soldado?

— Já fui.

— E agora?

Ele desvia o olhar do brilho distante do Kensington.

— Pesquisa, digamos assim.

— Bom, então boa sorte com isso... — Villanelle esfrega as mãos sem luvas e sopra nelas. — Está escurecendo. E é melhor eu ir.

— Para casa? — O sorriso torto sugere que é uma piada interna deles dois.

— Isso mesmo. Adeus.

Ele ergue a mão.

— Até a próxima.

Ela se encolhe na parca e começa a andar. Apenas um maluco bizarro dando em cima dela. Só que ele não era. Com aquela cortesia britânica letal, o sujeito é, ao mesmo tempo, mais e menos ameaçador que isso e, de alguma forma, familiar. Será possível que ela o tenha visto antes, talvez durante os exercícios de antivigilância que faz, de maneira quase inconsciente, aonde quer que vá? Será que ele é do MI5?

Fazendo uma curva brusca na direção sul, ela dá uma olhada na ponte. O homem desapareceu, mas ela ainda sente sua presença. Seguindo rumo norte em direção à saída mais próxima, ela executa uma rota de limpeza, para despistar qualquer pessoa que possa ter começado a segui-la. Ninguém vem atrás, ninguém muda de direção, ninguém aperta o passo para acompanhar seu ritmo. Mas, se for gente séria, quem quer que seja, vai haver uma equipe inicial seguindo a pé e uma secundária em vigilância estática, preparada para manter contato se ela despistar a primeira.

Virando-se para o leste, Villanelle caminha pela Bayswater Road, em direção ao Marble Arch. Sem correr, mas rápido o bastante para obrigar qualquer pessoa que a seguisse a apertar o passo. Ela para por um instante em um ponto de ônibus, como se quisesse descansar as pernas, e confere discretamente os arredores em busca de alguém com os trajes cuidadosamente insípidos de artistas de rua profissionais. Não há nenhuma pessoa óbvia, mas se uma das equipes A4 do MI5 estivesse atrás dela, não haveria mesmo.

Obrigando-se a respirar calmamente, ela chega à rede de passarelas subterrâneas do Marble Arch. Com as várias saídas, é um bom lugar para revelar e despistar seguidores. Descendo a Cumberland Gate, ela sai junto à Edgware Street e dá uma parada na entrada de uma loja de artigos esportivos, vendo pela vitrine o reflexo da saída da passarela. Ninguém olha em sua direção, ninguém para de andar. Caminhando até a entrada do Marble Arch, ela acelera pelos cento e poucos metros da passarela, diminui o passo perto de Speaker's Corner e chega à estação de metrô. Na plataforma da Linha Central, no sentido oeste, deixa os dois primeiros trens passarem e observa se alguém fica para trás. A linha é movimentada, e há algumas possibilidades. Uma mulher jovem, de mochila e casaco cinza corta-vento. Um cara barbado, de casaco de gola larga. Um casal de meia-idade de mãos dadas.

Ela entra no terceiro trem, vai até Queensway e lá, assim que as portas começam a fechar, esgueira-se para fora. Atravessando a plataforma, ela volta no sentido leste até a Bond Street, sai para a superfície e chama um táxi na Davies Street. Pelos próximos dez minutos, manda o taxista fazer uma rota circular pelo Mayfair. Uma BMW cinza os segue por um tempo, mas vira para o leste na Curzon Street, com um ronco irritadiço. Um minuto depois, um Ford Ka preto aparece no retrovisor lateral e continua atrás deles depois de três curvas. Quando eles entram no beco Clarges, um gargalo, Villanelle dá uma nota de cinquenta libras e algumas instruções rápidas para o taxista. Trinta segundos depois, o táxi para, bloqueando a passagem, e o motor desliga. Quando Villanelle se esgueira para fora da porta traseira, escuta o grito raivoso da buzina do Ford Ka, mas ninguém a segue pela travessa estreita cercada de muros de tijolos, e quando ela volta, cinco minutos depois, o beco está deserto.

Mais tarde, no apartamento da South Audley Street, ela diz para si mesma que, no fim das contas, talvez ninguém a estivesse seguindo. De que adiantaria? Se os serviços de inteligência britânicos sabem quem e o que ela é, então acabou. Não vai acontecer nenhuma detenção, só uma visita da equipe de ação das Forças Especiais, provavelmente o Esquadrão E, e cremação no incinerador municipal de lixo. Segundo Konstantin, é assim que os ingleses fazem, e nada do que Villanelle viu dos ingleses fornece motivo para ela duvidar.

Mas a hipótese que envolve o Esquadrão E não vai acontecer, e com um esforço tranquilo ela descarta as apreensões inspiradas pela ocorrência da tarde. Encolhida feito uma pantera na cadeira de couro branco, ela ergue uma taça de champanhe rosé Alexandre II Black Sea diante da luz fraca. O vinho não é sofisticado nem caro, mas serve de símbolo para tudo que ela jamais poderia ter imaginado em sua vida anterior.

E combina com seu estado de espírito. Ela agora está em condição de isolamento, já com a atenção se concentrando nos detalhes, momento a momento, da operação do dia seguinte. A expectativa se intensifica, aguda e efervescente como as bolhas que sobem até a superfície do champanhe, e junto vem a dor da voracidade que nunca chega a desaparecer totalmente. Ela se contorce sem parar no couro branco. Talvez saia para transar de novo. Vai ajudar a matar algumas horas.

Eve solta um grunhido.

— Que horas são?

— Seis e quarenta e cinco — murmura Niko. — Igual a todos os dias a esta hora.

Eve enfia o rosto no espaço quente entre os ombros dele, agarrando-se aos últimos resquícios do sono. O gargarejo estrangulado da máquina de café expresso se sobrepõe aos tons contidos do programa *Today*, da Radio 4. Ela decidiu, durante a noite, colocar uma equipe de proteção da so1 para Viktor Kedrin.

— O café está pronto — diz Niko.

— Está bem. Só um minutinho.

Voltando do banheiro, ela dá uma topada com a canela, não pela primeira vez, no frigobar de porta de vidro que ele comprou no mês passado, pelo eBay.

— Cacete, Niko, *por favor.* A gente precisa ter este... troço aqui?

Ele esfrega os olhos.

— Não se você não quiser leite para misturar no café, *myszka*. Além disso, onde mais eu vou colocar? Não tem espaço na cozinha.

Conferindo se a cortina está abaixada — ela tem o hábito de subir de repente sem aviso —, Eve puxa a camisola por cima da cabeça e estende o braço para pegar a roupa de baixo.

— Eu acho que não precisamos de uma unidade de refrigeração hospitalar só para esfriar uma jarrinha de leite. E se não tem espaço na cozinha, é porque ela está entulhada com as suas tralhas.

— Ah, agora são *minhas* tralhas?

— É, livros de receitas suecas? E aquele micro-ondas movido à energia solar...

— São receitas dinamarquesas. E o micro-ondas vai diminuir nossos gastos.

— Quando? Estamos em Londres. Praticamente não faz sol durante onze meses do ano. Ou a gente se livra de algumas das suas tralhas, ou nos mudamos para algum lugar maior. E muito menos legal.

— Não podemos nos mudar.

Ela se veste rápido.

— Por que não?

— Por causa das abelhas.

Ele coloca uma gravata marrom-escura por cima de uma camisa cinza.

— Niko, por favor. Não quero nem falar dessas merdas dessas abelhas. Não posso sair para o jardim, os vizinhos morrem de medo de levar picadas...

— Uma palavra, *myszka*. Mel. Neste verão, podemos colher quinze quilos por colmeia. Já falei com a mercearia e...

— É, eu sei que tudo faz sentido no futuro. Seu plano econômico de cinco anos. Mas temos que lidar com o aqui e agora. Não dá para viver assim. Não consigo pensar direito.

Eles atravessam o patamar minúsculo, passando por cima de uma pilha de edições antigas de *Astronomy Now* e uma caixa de papelão velha e amassada identificada como *Equipamento de teste de osciloscópio/ Tubo de raios catódicos*, e descem a escada.

— Acho que o Primeiro Diretório está fazendo você trabalhar demais, *Evochka*. Você precisa relaxar. — Ele confere o nó da gravata no espelho da entrada e, recolhendo uma pilha de cadernos de exercícios em uma prateleira, enfia tudo em uma pasta maltratada da Gladstone. — Hoje à noite você vai conseguir voltar a tempo do torneio no clube, né?

— Acho que sim.

O raciocínio é que, com uma equipe da SO1 para Kedrin, ela não vai se sentir obrigada a ver a palestra do sujeito, ou discurso político, ou seja o que for.

Eve veste o casaco e Niko programa o alarme de última geração que a Thames House gentilmente forneceu. A porta se fecha e, de mãos dadas e com a respiração condensando, eles saem à meia-luz da manhã rumo ao metrô da Finchley Street.

Na sala da P3, na Thames House, Simon Mortimer parece inescrutável ao abaixar o telefone.

— A menos que você consiga arranjar um motivo específico para ter mudado de ideia em relação a Kedrin, não vai dar — diz ele a Eve. — Muito em cima da hora.

Eve balança a cabeça.

— Que ridículo. A SO1 podia mandar um time sem o menor problema em um prazo de meio dia. Essa enrolação é do nosso lado ou do deles?

— Do nosso, até onde eu sei. Hesitaram em ativar a SO1 por causa de, hm...

— De quê?

— A expressão que usaram foi "intuição feminina".

Ela o encara.

— Sério?

— Sério.

Ela fecha os olhos.

— O lado bom é que suas preocupações foram comunicadas. O seu não vai estar na reta, se posso falar nesses termos.

— Acho que você tem razão. Mas, sério, "intuição feminina"? O que falei no memorando foi que eu estava com receio de ter subestimado o potencial da ameaça contra Kedrin.

— O que exatamente fez você mudar de ideia?

Na tela, Eve abre uma matéria do *Izvestiya*.

— Certo, isso é de um discurso que ele fez mês passado em Ecaterimburgo. Vou traduzir: "Nosso inimigo jurado, que combateremos até a morte e para quem jamais vamos nos render, é a hegemonia americana em todas as suas formas. Atlanticismo, liberalismo, a mentirosa...", a expressão que ele usa é algo como "serpente". "A mentirosa ideologia dos direitos humanos e a ditadura da elite financeira."

— Coisa bem básica, então?

— Concordo. Mas uma parcela enorme da população russa e do antigo bloco soviético o enxerga como uma espécie de messias. E messias não duram muito tempo. São perigosos demais.

— Bom, vamos torcer para ele dar seu recado no Conway Hall e se mandar logo.

— Vamos torcer. — Ela esfrega os olhos. — Acho que é melhor eu ir. Não estou muito animada, mas... — Ela sai da página do *Izvestiya*. — Simon, posso fazer uma pergunta?

— Claro.

— Você acha que eu devia tomar alguma providência, bom, quanto ao meu jeito de me vestir? Esse comentário sobre intuição feminina me fez pensar se estou passando a imagem errada.

Ele franze o cenho.

— Bom, eu sei que você não é nem um pouco desse tipo. E como estamos cansados de saber, o estilo na Thames House preza pela discrição. Mas acho que não faria mal se você, quem sabe, se aventurasse um pouquinho além das roupas de lojas de departamentos. — Ele a encara com um ligeiro nervosismo. — O que o seu marido acha?

— Ah, Niko inventa a própria moda. Ele é professor de matemática.

— Ah.

— Só não quero que a autoridade deste departamento seja desprezada, Simon. Nós tomamos decisões importantes, e as pessoas precisam nos levar a sério.

Ele faz um gesto afirmativo com a cabeça.

— Você tem compromisso amanhã à tarde?

— Nada especial. Por quê?

— Bom, não quero perpetuar nenhum estereótipo nem nada, mas de repente a gente pode ir fazer compras?

O Hotel Vernon é um edifício de seis andares, com fachada de pedra cinzenta, no lado norte da High Holborn. A clientela, em sua maioria, é tão anônima quanto a aparência externa do prédio, então Gerald Watts, o gerente da recepção, tem o maior prazer de dar atenção à jovem incrivelmente bonita que está à sua frente. Ela usa uma parca com borda de pele, e os olhos que fitam os dele por trás dos óculos de lentes cinza são vivos e firmes. O sotaque, com uma pitada de francês e uma insinuação de Leste Europeu (depois de cinco anos na recepção do Vernon, Gerald se considera um especialista no assunto), é macarrônico de um jeito simpático.

O nome dela, que ele descobre ao anotar os dados do cartão de crédito, é Julia Fanin. Ela não usa aliança no dedo; por mais absurdo que seja, isso lhe agrada. Ao oferecer o cartão da suíte 416, ele permite que seus dedos se toquem. É imaginação, ou ele detecta um vislumbre de conivência? Erguendo a mão para indicar que um de seus assistentes leve a valise dela e a conduza ao quarto, ele observa o balanço suave dos quadris da mulher enquanto ela caminha até o elevador.

Quando Eve chega à Red Lion Square, já são 19h45. Dentro do Conway Hall, deve haver umas duzentas pessoas. A maioria das que foram escutar Viktor Kedrin já se sentou no salão principal; algumas estão de pé, conversando perto das paredes apaineladas, e outras subiram até a galeria. Muitos são homens, mas há um ou outro casal, e algumas mulheres mais jovens, usando camisetas estampadas com o retrato de Kedrin. E há outras figuras mais enigmáticas, homens e mulheres, cujas roupas majoritariamente pretas exibem slogans que talvez tenham a ver com música, misticismo, política ou tudo junto.

Olhando à sua volta, Eve se sente um pouco deslocada, mas não em perigo. O salão está se enchendo rápido, e parece que as diversas tribos coexistem em paz. Se os indivíduos ali presentes têm algo em comum, talvez seja o fato de que são forasteiros. O público de Kedrin é uma coalizão de desvalidos. Ela sobe a escada até a galeria e se acomoda em um assento na frente, do lado direito, com vista para o palco e o púlpito, e sentindo-se subitamente culpada, lembra que não ligou para Niko a fim de avisar que não vai conseguir chegar a tempo do torneio de bridge. Ela pega o celular na bolsa.

Não fala onde está, só que não vai poder ir, e ele entende, como sempre. Nunca a questiona por causa do trabalho, das ausências, dos serões que faz. Mas ela percebe que ele está decepcionado; não é a primeira vez que precisa pedir desculpas em nome dela no clube. *Preciso dar um jeito de compensar*, diz ela a si mesma. *A paciência dele não é infinita, nem deveria ser. Talvez possamos passar um fim de semana em Paris. Pegar o trem, ficar em um hotelzinho e caminhar pela cidade de mãos dadas. Deve ser muito romântico quando neva.*

No salão, as luzes piscam e se apagam aos poucos. No palco, um homem com rabo de cavalo aparece, vai até o púlpito e ajusta o microfone.

— Amigos, meus cumprimentos. E peço desculpas se meu inglês não for bom. Mas é um prazer estar aqui hoje e apresentar meu amigo e colega da Universidade Estadual de São Petersburgo. Senhoras e senhores... Viktor Kedrin.

Kedrin é uma figura imponente, de barba e torso largo, e veste um paletó surrado de veludo cotelê e calças de flanela. Ele é recebido com aplausos e alguns gritos de vivas. Eve pega o celular na bolsa e tira uma foto dele.

— Está frio lá fora — começa Kedrin. — Mas prometo que está mais frio na Rússia. — Ele sorri, e seus olhos castanhos são da cor de folhas secas. — Então quero falar para vocês da primavera. A primavera russa.

Silêncio concentrado.

— No século XIX, havia um pintor chamado Alexei Savrasov. Grande admirador, aliás, do John Constable de vocês. Evidentemente, como todos os melhores artistas russos, Savrasov sucumbiu ao álcool e ao desespero e morreu falido. Mas antes criou uma série muito boa de quadros de paisagem, e o mais conhecido se chama *As gralhas voltaram*. É um quadro muito simples. Um lago congelado. Um mosteiro distante. Neve no chão. Mas, nas bétulas, as gralhas estão fazendo seus ninhos. O inverno está morrendo, a primavera se aproxima.

"E essa, meus amigos, é minha mensagem para vocês. *A primavera se aproxima*. No coração da Rússia, cresce o desejo por mudança. E sinto o mesmo na Europa. Um desejo de derrocar a ditadura do capitalismo, do liberalismo degenerado, da América. Um desejo de recuperar um mundo mais antigo de Tradição e Espírito. Então eu lhes digo: *juntem-se a nós*. Deixem os Estados Unidos à pornografia deles, às corporações sanguessugas, ao consumismo vazio. Deixem-nos ao Reino da Quantidade. Juntas, a Europa e a Rússia podem construir um novo império, digno de nossas culturas ancestrais, digno das crenças antigas."

Eve passa os olhos pela plateia. Vê olhares fascinados, gestos mudos de concordância, o desesperado anseio de acreditar na era dourada que Kedrin promete. No centro da fileira da frente, está uma jovem de suéter preto e saia xadrez. Ela é alguns anos mais nova que Eve e bonita, mesmo de longe. Por impulso, Eve levanta o celular e, dando um zoom discreto no rosto da mulher, tira uma foto. A imagem é de perfil, lábios entreabertos, olhar fixo fervorosamente em Kedrin.

O discurso pega embalo. Kedrin relembra outra pessoa que sonhou com um novo império — um Reich de mil anos, ainda por cima —, mas condena os nazistas pelo racismo grosseiro e pela falta de consciência superior. Ele abre uma exceção para as Waffen-ss, cujo idealismo rigoroso, diz ele, tem muito a ensinar. Isso passa dos limites para um membro da plateia, um homem de meia-idade que se levanta e começa a gritar coisas incoerentes para o palco.

Em segundos, duas figuras com trajes semimilitares emergem das sombras no fundo do salão, pegam o homem e o conduzem, meio à força, até a saída. Meio minuto depois, em meio a vivas esporádicos, os dois voltam sem ele.

Kedrin dá um sorriso beato.

— Sempre tem um, não é?

O discurso acaba durando mais ou menos uma hora, em que ele expressa sua visão mística e autoritária em relação ao Hemisfério Norte. Eve está horrorizada, mas acha fascinante. Kedrin é carismático, além de satanicamente persuasivo. Ela não tem a menor dúvida de que ele é capaz de conquistar fiéis genuínos ali, hoje. Ele ainda não é muito conhecido na Europa, mas na Rússia ganha cada vez mais seguidores e também um pequeno exército de arruaceiros dedicados e dispostos a fazer o que ele quiser.

— E assim, meus amigos, termino como comecei, com aquela mensagem simples. A primavera se aproxima. Nosso dia está nascendo. As gralhas voltaram. Obrigado.

O público se levanta. Em meio a vivas, batidas de pés e aplausos, Kedrin observa do púlpito, imóvel. E então, com uma pequena reverência, ele sai do palco.

Da galeria, Eve vê o salão se esvaziar lentamente. As pessoas estão com um olhar hipnotizado, como se acordassem de um sonho. Depois de alguns minutos, acompanhado pelo mestre de cerimônias com rabo de cavalo e entre os dois capangas que removeram o manifestante, Kedrin aparece no auditório. Ele é logo cercado por admiradores, que se revezam para lhe dizer algumas palavras e apertar sua mão. A mulher da primeira fila espera na periferia do grupo, com um sorriso vago em seus firmes traços felinos. *Se eu me vestisse assim*, pensa Eve, *pareceria uma bibliotecária. Então como é que essa princesinha fascista consegue parecer Audrey Hepburn?*

Kedrin certamente reparou nela e lança um olhar em sua direção, como se quisesse dizer: "Espere, vou acabar com essas pessoas, e aí você terá toda a minha atenção". Pouco depois, diante do divertimento mal disfarçado nos olhos dos capangas de cabeça raspada, os dois engatam uma conversa. A linguagem corporal da mulher — a cabeça inclinada de um jeito sedutor, os seios pequenos empinados — deixa inequivocamente claro que ela está disponível. Mas, passado algum tempo, ela se limita a apertar a mão de Kedrin, cobrir-se com a parca e desaparecer noite adentro.

Eve é uma das últimas pessoas a sair do salão. Ela espera em um ponto de ônibus do lado de fora e, quando Kedrin e sua comitiva saem do edifício, vai atrás deles a uma distância discreta. Depois de alguns minutos, os quatro homens entram em uma churrascaria argentina, na Red Lion Street, onde é nítido que esperam por eles.

Decidida a dar a noite por encerrada, Eve vai para a estação de metrô de Holborn. Já passa de nove e meia, e ela está atrasada demais para o torneio de bridge, mas vai chegar ao clube a tempo de pedir um grande drinque de vodca com suco de oxicoco e ver Niko jogar algumas partidas. Ela precisa relaxar. De muitas maneiras, foi um dia esquisito.

Pouco depois das 21h45, quando conclui que os russos já estão acomodados, Villanelle se afasta da porta de onde está observando a churrascaria e volta para o hotel por um caminho discreto. Ao atravessar o saguão rumo aos elevadores, com o rosto obscurecido pelo capuz de borda de pele, ela lança um sorriso e um ligeiro aceno para a recepção, onde Gerald Watts ainda está trabalhando.

Entrando na suíte 416, Villanelle abre a valise, pega um pacote de luvas cirúrgicas e calça um par no lugar das de couro que estão em suas mãos. E então, de uma bolsa lacrada de polietileno, tira um microtransmissor do tamanho de uma unha e um pedaço de massa adesiva. Ela guarda isso no bolso da parca, sai do quarto e sobe a escada até o quinto andar, onde parece ajeitar um quadro na parede do lado da suíte 521. Isso feito, ela sobe mais até o sexto andar, onde a escada termina em uma porta que dá para o terraço. Está destrancada, e, ao passar por ela, faz um rápido exame do espaço, reparando na posição dos exaustores de chaminé e nas escadas de incêndio. Então, sem pressa, ela volta ao quarto andar.

De volta à sua suíte, ela liga um receptor UHF do tamanho de um iPod e insere um dos fones intra-auriculares. Nada, como ela esperava. Só um chiado ambiente sutil. Ela guarda o receptor no bolso, deixando um fone pendurado, e pega um estojo à prova d'água na valise. Dentro dele, com os componentes acomodados na espuma moldada, está a arma que ela encomendou de Konstantin: uma pistola CZ 75 nove milímetros, feita de polímero, e um silenciador Isis-2. Villanelle prefere gatilhos leves em armas de combate, e a resistência do gatilho da CZ foi ajustado em dois quilos para disparo duplo e um quilo para disparo único.

Ela sabe que assassinatos em hotéis são uma ciência complexa. Derrubar o alvo é fácil; o difícil é fazer isso de forma rápida, silenciosa e sem danos colaterais. Não pode haver ruído reconhecível de tiro, nem gritos de susto ou dor, nem balas atravessando paredes de gesso ou, pior, os hóspedes do outro lado.

Então, depois de fixar o silenciador, Villanelle carrega a pistola tcheca com cartuchos russos de ponta oca *Chernaya Roza* — Rosa Negra. Elas são feitas com um revestimento de cobre oxidado cujas seis partes se abrem como pétalas no momento do impacto. Isso desacelera a penetração, provoca uma onda de choque forte e incapacitante e danifica o tecido ao longo da trajetória do ferimento. Para uma bala de nove milímetros, o poder de parada da Rosa Negra é incomparável.

Villanelle espera, respirando com calma. Visualiza repetidamente a sequência iminente dos acontecimentos. Reproduz cada situação imaginável. Pelos fones, ela escuta hóspedes do hotel cumprimentando-se, fragmentos de risada, portas se fechando. Leva mais de uma hora e meia até ouvir o que está aguardando: vozes falando russo.

— Entrem por cinco minutos. Tenho uma garrafa de Staraya Moskva. Precisamos repassar os detalhes para amanhã.

Villanelle pensa. Quanto mais bêbados estiverem, melhor. Mas ela não pode esperar demais. Ela ouve murmúrios de aceitação e o som da porta se fechando.

Mais uma vez, Villanelle espera. Já passa de uma da madrugada quando a equipe de guardas final e ruidosamente sai do quarto. Mas quão bêbado Kedrin está? Será que ele vai se lembrar da jovem deslumbrada que conheceu no Conway Hall? Ela pega o telefone do hotel e liga para a suíte 521. Uma voz arrastada atende.

— *Da?*

Ela responde em inglês.

— Sr. Kedrin? Viktor? É Julia. Nós conversamos na palestra. Você me disse para telefonar mais tarde. Bom... está tarde.

Silêncio.

— Onde você está?

— Aqui. No hotel.

— Certo. Eu disse qual era o meu quarto, sim?

— Disse. Vou subir.

Ela veste a parca. A valise agora está vazia, exceto por uma sacola plástica pericial transparente. Villanelle a abre e despeja o conteúdo dentro da valise, que guarda no armário. A sacola plástica vai para dentro do bolso interno da parca. Depois, ela dá uma última olhada no quarto e sai, segurando a cz 75 pelo silenciador de modo a acomodar o corpo da arma dentro da manga.

Diante da suíte 521, ela bate levemente na porta, que depois de um instante se abre alguns centímetros. Kedrin está enrubescido, o cabelo, despenteado, e a camisa, desabotoada até a cintura. Ele a examina com os olhos semicerrados.

— Posso entrar? — pergunta ela, inclinando a cabeça e olhando para o homem mais alto.

Ele faz uma mesura, parcialmente irônica. Convida-a com um gesto amplo e vago. O quarto é parecido com o de Villanelle, só que maior. Um feio candelabro cor de ouro se pendura do teto.

— Tire o casaco — diz ele, deixando-se cair sentado na cama. — E pegue algo para a gente beber.

Ela tira a parca e a solta em uma poltrona, com a cz 75 oculta dentro da manga. Em uma mesinha lateral, há uma garrafa vazia de vodca Staraya Moskva e quatro copos usados. Villanelle olha a geladeira. No congelador, encontra uma garrafa de plástico de Stolichnaya pela metade, comprada no duty-free. Ela tira a tampa, serve uma quantidade generosa em dois copos e, olhando para ele, entrega-lhe um.

— Um brinde — diz ele, com um tom arrastado, conforme seus olhos descem até os peitos dela. — Precisamos brindar. Ao amor. À beleza!

Villanelle sorri.

— Bebo à casa arruinada... — começa ela, falando em russo. — Às dores de minha vida...

Ele a encara por um instante, com uma expressão ao mesmo tempo de surpresa e melancolia, e continua o poema de Akhmátova.

— À solidão lado a lado. — Ele vira a vodca. — E a ti...

Há um som que parece o de um graveto se partindo, e Kedrin morre. Um jato de sangue jorra por um instante da ferida ao lado da narina esquerda dele.

— ... e a ti também eu bebo — murmura Villanelle, completando o dístico enquanto o cobre com o lençol.

Agindo rápido, ela pega a parca e vai para a porta. Quando sai do quarto, dá de cara com um dos capangas de estimação de Kedrin. O homem tem ombros largos, uma carranca e fede a colônia fajuta.

— Shhh — chia Villanelle. — Viktor está dormindo.

Os olhos se estreitam naquela cabeça lisa. Algum instinto diz a ele que há algo de errado. Que ele fez merda. Tenta olhar atrás da mulher e demora demais para se dar conta de que a Glock 19 que pegou do motorista pela manhã está no coldre do ombro, não em sua mão. Villanelle põe duas balas na base do nariz do sujeito e, quando os joelhos do homem cedem, segura a parte da frente da jaqueta dele e o puxa pela porta do quarto. Ele cai de costas, atingindo o carpete estilizado do hotel feito uma tonelada de carne podre.

Ela pensa por um instante em arrastar o corpo para fora de vista, mas isso vai consumir mais tempo do que poupar. Então o telefone do quarto começa a tocar, e ela sabe que precisa sair. Caminhando até a escada, passa pelo colega do Cabeça Lisa e por Rabo de Cavalo e ouve-os correr até o quarto de Kedrin. Eles dão uma olhada para dentro e já começam a seguir atrás dela, marchando pelo corredor.

Villanelle corre escada acima até o sexto andar, continua subindo e irrompe noite afora. O terraço está imaculado de branco, e uma nevasca rodopia à sua volta quando ela tranca a porta da escada. A visibilidade é de só alguns metros. Ela deve ter uns quinze segundos de vantagem.

A porta se racha, e a tranca sai voando. Os dois homens saem rápido, indo um para a esquerda, e o outro, para a direita, deixando a porta a balançar no vento gelado. O terraço está vazio. As pegadas saem da escada em direção a uma balaustrada, e a partir dali há só escuridão e nevasca.

Desconfiando de uma armadilha, os homens se agacham atrás de uma coluna de chaminés. E então, muito devagar, o mais jovem engatinha pelo terraço coberto de neve até a balaustrada, olha para o outro lado e chama cuidadosamente Rabo de Cavalo. Ali, quase impossível de ver, está Villanelle, de costas para eles, com a parca sacudindo junto ao corpo por causa do vento. Parece que ela está vigiando as chaminés.

Os dois disparam suas armas, e sete tiros silenciados atravessam o capuz. Quando a figura esguia não cai, eles ficam paralisados; há um momento de compreensão terrível, e então as duas cabeças tremem quase em uníssono quando Villanelle dispara dois tiros da escada de incêndio atrás deles.

Como amantes, os dois homens caem um sobre o outro. E saindo da escada de incêndio e desamarrando as mangas da parca em torno do cano do exaustor, ela os vê morrer. Como sempre, é fascinante. Não deve sobrar muita atividade cerebral depois que uma bala Rosa Negra desabrocha dentro do cerebelo, rasgando lembranças, instintos, emoções, mas de alguma forma persistem umas fagulhas. E então chega o fim inevitável.

De pé ali no terraço, em sua jaula de neve, Villanelle sente a ansiada onda de poder. A sensação de invencibilidade que o sexo promete, mas só um assassinato bem-sucedido proporciona de fato. A certeza de que ela permanece sozinha no centro tumultuoso dos acontecimentos. E olhando à sua volta, com os homens mortos a seus pés, ela vê uma cidade reduzida às suas cores essenciais. Preto, branco e vermelho. Trevas, neve e sangue. Talvez apenas uma pessoa russa consiga entender o mundo assim.

Este sábado é, sem exceção, o pior dia da vida de Eve Polastri. Quatro homens mortos debaixo de seu nariz, um assassino de elite à solta matando gente em Londres, seus superiores no MI5 irados, o Kremlin idem, um grupo COBRA formado e — desnecessário dizer — sua carreira na Thames House arruinada.

Quando o escritório liga para avisar que Viktor Kedrin foi encontrado morto a tiros no quarto do hotel, ela ainda está na cama. A princípio, acha que vai desmaiar, mas então, andando aos tropeços até o banheiro e descobrindo que o corredor está obstruído pela bicicleta de Niko, ela vomita nos próprios pés descalços. Quando Niko a alcança, ela já está agachada no chão, de camisola, pálida e trêmula. Simon liga quando Niko está com ela na cozinha. Eles combinam de se encontrar no Hotel Vernon. Ela consegue dar um jeito de se vestir e dirigir até lá.

Tem uma multidão considerável na Red Lion Street, contida por uma barreira de fita de isolamento policial e dois guardas. O investigador de patente mais alta no local é o inspetor-chefe Gary Hurst. Ele conhece Eve e a leva às pressas para dentro do hotel e para longe das câmeras enxeridas. Na recepção, ele a conduz até um bufê, serve uma xícara de chá adocicado de uma garrafa térmica e a observa enquanto ela bebe.

— Melhorou?

— Sim. Obrigada, Gary. — Ela fecha os olhos. — Nossa, que bosta.

— Bom, é das grandes. Reconheço.

— Então, o que temos?

— Quatro mortos. Mortos à queima-roupa, todos baleados na cabeça, definitivamente coisa de profissional. A primeira vítima, Viktor Kedrin, russo, professor universitário, corpo encontrado no quarto dele. Junto dele, a segunda vítima, vinte e muitos anos, tem jeito de segurança particular. No terraço, as vítimas três e quatro. Achamos que a três é Vitaly Chuvarov, supostamente um contato político de Kedrin, mas é quase certo que esteja ligado ao crime organizado. A quatro é outro segurança. Todos, menos Kedrin, armados com pistolas Glock 19. A dupla no terraço disparou um total de sete tiros.

— Devem ter conseguido as armas aqui.

O inspetor dá de ombros.

— Facilmente.

— Sugere que estavam esperando confusão.

— Talvez. Ou talvez só ficassem mais tranquilos armados. Quer se paramentar e subir? O outro cara da Thames House está esperando lá em cima.

— Simon?

— É.

— Pode ser. Onde eu me troco?

— A área de preparo é para lá. — Ele aponta. — Daqui a pouco eu subo.

Na área de preparo, Eve recebe um macacão branco da Tyvek, uma máscara, luvas e sapatilhas descartáveis. Quando ela finalmente termina de se vestir, um pavor se espalha pelo seu corpo. Já viu muitas fotos de vítimas mortas a tiros, mas nenhum cadáver de fato.

Mas ela aguenta e, quando Simon aparece imperturbável e profissional ao seu lado, se obriga a lembrar dos detalhes. As bordas salientes e pálidas dos orifícios de entrada, os rastros finos de sangue escurecido, as expressões distantes. Kedrin, cujos olhos desfocados estão voltados para o teto, está com o rosto ligeiramente franzido, como se tentasse se lembrar de algo.

— Você fez o que pôde — diz Simon.

Ela balança a cabeça.

— Eu deveria ter insistido. Deveria ter tomado a decisão certa desde o início.

Ele encolhe os ombros.

— Você expressou sua preocupação. E foi ignorada.

Ela está prestes a responder quando o inspetor-chefe Hurst fala seu nome e a chama do alto da escada.

— Achei que você gostaria de saber. Julia Fanin, 26 anos. Saiu do hotel durante a madrugada. Cama ainda feita, mas deixou uma valise vazia na suíte do quarto andar. A perícia está lá agora.

— O que a recepção diz? — pergunta Eve.

— Que ela é bonita. Estamos analisando as imagens do circuito interno de TV.

Eve é tomada por uma certeza sinistra. Ela apalpa o macacão em busca do celular. Abre a fotografia da mulher no evento.

— Será que é esta?

O inspetor-chefe encara a imagem.

— Onde você conseguiu isso?

Eve está falando do evento quando o celular do inspetor toca, e ele levanta a mão. Fica ouvindo em silêncio, com uma expressão concentrada.

— Certo — diz ele. — Parece que o cartão de crédito que ela mostrou no hotel ao chegar ontem foi roubado da Julia Fanin verdadeira há uma semana, no aeroporto Gatwick. Mas conseguimos impressões digitais e talvez até DNA da valise, e daqui a pouco vamos ter algumas imagens das câmeras. Você pode ficar?

— Pelo tempo que for preciso. — Ela olha para Simon. — Acho que as compras vão ter que esperar.

À tarde, Eve vai a uma reunião na Thames House, durante a qual questionam minuciosamente sua decisão a respeito da proteção de Kedrin e a posterior mudança de opinião, interrogam-na em relação ao inquérito policial e, por fim, determinam que ela tire dez dias de licença. É certo que, assim que voltar ao trabalho, ela verá que foi rebaixada ou transferida.

Em casa, ela não consegue sossegar. Tem mil coisas para fazer pelo apartamento — arrumar, guardar, limpar, organizar —, mas Eve não tem ânimo para encarar nada disso. O que faz é sair em longas caminhadas sem rumo pela neve do Hampstead Heath, conferindo o celular o tempo todo. Ela resumiu as linhas gerais da situação para Niko, e ele não insiste em saber mais, só que Eve percebe que ele está triste e frustrado por não poder ajudar. Ela sempre soube que o aspecto sigiloso do trabalho com inteligência impõe toda uma tensão especial em casamentos; o chocante é o poder corrosivo que isso acaba tendo. O fato de que o silêncio dela consome justamente a base de confiança que existe entre ela e Niko.

O acordo que eles fizeram, no começo do casamento, foi que, embora o horário de expediente dela pertencesse à Thames House e ao Serviço de Inteligência, no fim do dia Eve voltaria para casa e para ele. O que eles tinham em comum — a cumplicidade e a intimidade das noites — era infinitamente mais importante do que o resto.

Mas o assassinato de Kedrin se alastra feito uma toxina por cada aspecto da vida dela. À noite, em vez de se deitar com Niko na cama e sanar as agruras do dia fazendo amor, ela fica acordada até altas horas da madrugada navegando pela internet, em busca de novas informações sobre as mortes.

Os jornais de domingo apresentam o que podem sobre o caso. O *Observer* sugere possível envolvimento do Mossad, e o *Sunday Times* especula que Kedrin talvez tenha sido eliminado por ordem do Kremlin, porque suas expressões cada vez mais fascistas estavam começando a constranger o presidente. Já a polícia não divulga nada além dos detalhes mais básicos. Claro que nada sobre uma suspeita, uma mulher. E então, na manhã de quarta-feira, bem quando a fatia de pão está começando a torrar — geralmente é Niko que prepara o café, mas ele já foi trabalhar —, Eve recebe uma ligação do inspetor-chefe Hurst.

A análise do DNA nas amostras de cabelo encontradas na valise, que o laboratório de perícia fez com urgência, bateu com um registro no banco de dados do Reino Unido. Prenderam uma pessoa em Heathrow. Será que Eve pode ir à Delegacia de Paddington Green para auxiliar na identificação?

Eve pode, e quando põe o telefone no gancho o detector de fumaça apita. Com um pegador de salada, ela joga a torrada queimada na pia, abre a janela da cozinha e usa um cabo de vassoura para cutucar em vão o detector. *Eu realmente não presto para essas coisas domésticas*, pensa ela, frustrada. *Talvez seja até bom eu não estar grávida. Não que seja muito provável eu ficar, pelo jeito da situação.*

A Delegacia de Paddington Green é um edifício brutal e pragmático, que fede a ansiedade e ar velho. No subsolo há uma ala de detenção de alta segurança, onde ficam retidos os prisioneiros suspeitos de atos terroristas. A sala de interrogatório é cinza, com lâmpadas fluorescentes; uma janela de vidro espelhado ocupa a maior parte de uma das paredes. Eve e Hurst estão sentados debaixo dela, de frente para a prisioneira. É a mulher que estava na palestra de Kedrin.

A expectativa de Eve é ter uma sensação aguda de triunfo ao vê-la. Mas assim como em Conway Hall, ela fica é fascinada pela beleza da mulher. Provavelmente tem vinte e poucos anos, um rosto ovalado, com maçãs salientes, emoldurado por um cabelo curto escuro e sedoso. Ela veste um jeans preto e uma camiseta cinza simples que ressalta seus braços esbeltos e a silhueta de seios pequenos. Parece cansada e bastante confusa, mas nem por isso deixa de ser elegante, e Eve de repente se dá conta de seu próprio capuz amorfo e cabelo desarrumado. *O que eu não daria para ser assim como ela?*, pensa Eve. *Meu cérebro?*

Hurst faz as apresentações — ele próprio e "minha colega do Ministério do Interior" —, liga o gravador e alerta oficialmente a suspeita, que optou por dispensar o serviço de um advogado. E ao olhar para ela, Eve percebe de repente que tem algo errado. Que aquela mulher é tão incapaz de cometer homicídio quanto ela própria. Que o caso da polícia está prestes a ruir.

— Por favor, informe seu nome — diz Hurst para ela.

A mulher se inclina para a frente até o gravador.

— Meu nome é Lucy Drake.

— E sua profissão?

Ela lança um olhar para Eve. Seus olhos, mesmo sob as lâmpadas fluorescentes, são de um verde-esmeralda vívido.

— Sou atriz. Atriz e modelo.

— E o que você estava fazendo no Hotel Vernon, na Red Lion Street, na noite de sexta-feira passada?

Lucy Drake contempla as próprias mãos, que estão cruzadas sobre a mesa na frente dela.

— Posso começar do começo?

* * *

Mesmo arrasada com a perfeição com que ela e a polícia foram enganadas, Eve não consegue deixar de admirar a elegância da artimanha.

Tudo começou, segundo Lucy, com um telefonema que o agente dela recebeu. O cliente disse que fazia parte de uma produtora que estava fazendo uma série de TV sobre diversos aspectos do comportamento humano. Nesse sentido, eles precisavam de uma atriz jovem, bonita e confiante para participar de uma série de experimentos sociais, em que ela desempenharia alguns papéis. As filmagens ocorreriam ao longo de cinco dias em Londres e Los Angeles, e a candidata aprovada receberia cinco mil libras por dia.

— Foi tudo meio vago — diz Lucy. — Mas, considerando o cachê e a visibilidade que o programa daria, não me preocupei muito. Então, naquela tarde, peguei o metrô em Queen's Park, onde eu moro, até o Hotel St. Martin's Lane, onde estavam fazendo as entrevistas. O diretor estava lá... Peter alguma coisa. Acho que ele era do Leste Europeu. E um cinegrafista estava gravando todo mundo. Tinha outras meninas lá, e fomos chamadas uma por uma. Quando chegou a minha vez, Peter pediu que eu fizesse algumas cenas com ele. Uma em que eu estava fazendo check-in em um hotel e tinha que fazer o recepcionista se encantar por mim, e uma em que eu precisava ir até um orador depois da palestra e, basicamente, seduzi-lo. A ideia nas duas situações era dar muito mole e ser muito carismática, mas sem parecer uma prostituta. Enfim, fiz o que pude, e quando acabei ele pediu para eu descer e esperar em uma casa de chá e disse que eu podia pedir o que quisesse. Então eu fui, e quarenta minutos depois ele desceu e falou parabéns, já vi todo mundo, e a vaga é sua.

Nos dois dias seguintes, "Peter" explicou tudo o que Lucy teria que fazer. Tomaram medidas para as roupas que ela usaria e disseram que esse “figurino” precisaria ser adotado rigorosamente, sem mudança ou substituição. Na tarde de sexta, ela deveria, sob o nome de Julia Fanin, entrar no Hotel Vernon e levar uma bolsa de viagem até o quarto. Peter forneceria o cartão de crédito e também a bolsa, que ela não poderia abrir em hipótese alguma.

Ela, então, deixaria a bolsa no quarto, iria até o Conway Hall, ao lado da Red Lion Square, e compraria um ingresso para a palestra das oito da noite com Viktor Kedrin. Depois da palestra, ela deveria conseguir acesso pessoal a Kedrin, encantá-lo, elogiá-lo e combinar de encontrá-lo no hotel dele, na mesma noite. Feito isso, ela deveria encontrar Peter na esquina da praça, entregar o cartão da porta do quarto e pegar um táxi de volta para Queen’s Park.

Disseram que, na manhã seguinte, Peter iria buscá-la cedo, levá-la até Heathrow e colocá-la em um avião para Los Angeles. Lá, alguém iria recebê-la, levá-la para um hotel e dar instruções a respeito da segunda fase das gravações.

— E foi assim que aconteceu? — pergunta Hurst.

— Foi. Ele chegou às seis da manhã, com uma passagem de primeira classe de ida e volta para Los Angeles, e às nove eu já estava no ar. No aeroporto, fui recebida por um motorista que me levou até o Chateau Marmont, onde deixaram uma mensagem de que a gravação tinha sido cancelada, mas que eu poderia usar as diárias no hotel. Então, aproveitei o tempo para visitar alguns agentes e ontem, ao meio-dia, peguei o voo de volta para Heathrow. Onde, hm... Me prenderam. Por homicídio. O que meio que me surpreendeu.

— Sério? — pergunta Hurst.

— É, sério. — Lucy torce o nariz e passa os olhos pela sala de interrogatório. — Sabe, estou sentindo um cheiro muito esquisito de torrada queimada.

Uma hora depois, Eve e Hurst estão parados na escada dos fundos da delegacia, vendo uma BMW à paisana sair do estacionamento, a caminho de Queen's Park. Hurst está fumando. Quando a BMW passa, Eve capta um último vislumbre daquele perfil impecável que ela fotografou no Conway Hall.

— Você acha que vamos conseguir alguma descrição aproveitável desse tal Peter? — pergunta Eve.

— Duvido. Vamos chamar Lucy de volta para ajudar a montar um retrato falado depois que ela dormir um pouco, mas não tenho muita esperança. Foi tudo muito bem planejado.

— E você não acha mesmo que ela estava envolvida?

— Não. Não acho. Vamos confirmar cada detalhe da história dela, claro, mas meu palpite é que o único crime dela foi a ingenuidade.

Eve assente com a cabeça.

— Ela queria tanto que fosse verdade. O sucesso no teste, a grande chance na TV...

— É. — Hurst esmaga o cigarro no degrau de concreto molhado. — Ele a manipulou bem. E a nós também.

Eve franze o cenho.

— Então como é que você acha que dois fios de cabelo de Lucy foram parar naquela valise, se ela não abriu?

— O que eu imagino é que Peter, ou alguém que trabalhava para ele, pegou os fios durante o teste falso, talvez da escova de cabelo dela. E aí nossa atiradora os coloca na bolsa depois de tomar o lugar de Lucy no hotel. E agora uma pergunta para você. Por que Los Angeles? Por que se dar ao trabalho de mandar a garota para o outro lado do mundo depois que ela já fez sua parte?

— Essa é fácil — diz Eve. — Para garantir que ela esteja longe quando sair a notícia do assassinato. Eles não podem correr o risco de ela ver na internet, ou de ouvir no rádio, e ir direto para a polícia falar o que sabe. Então tomam o cuidado de despachá-la para Los Angeles, um voo de onze horas, exatamente na mesma hora em que o crime está sendo descoberto, na manhã de sábado. O que não só deixa Lucy incomunicável como também estabelece uma pista falsa perfeita, dando à assassina verdadeira e sua equipe bastante tempo para limpar os rastros e desaparecer.

Hurst faz que sim com a cabeça.

— E quando ela chega ao hotel chique na Sunset Boulevard...

— Ela vai aproveitar as diárias, exatamente. É bem possível que ela veja ou leia algo sobre Kedrin, mas tudo está acontecendo do outro lado do mundo. Enquanto isso, ela vai visitar agentes de Hollywood. A cabeça dela vai estar ocupada com essas coisas.

— E aí, quando eles estão prontos e os resultados do teste de DNA chegam, ela volta para nós, de bandeja. — Hurst balança a cabeça. — A ousadia é admirável.

— É, bom, ousadia ou não, a mulher matou quatro estrangeiros em nosso território. Podemos voltar lá e ver as imagens das câmeras de segurança de novo?

— Com certeza.

Os vídeos foram editados em uma única sequência sem som. Lucy Drake entra no saguão do hotel com a parca, de valise na mão, e faz o check-in, com uma linguagem corporal obviamente sugestiva. Lucy sai do elevador no quarto andar e anda até a suíte 416. Lucy sai do hotel sem a valise e levanta o capuz da parca.

— Tudo bem, pode pausar — diz Eve. — Essa é a última imagem dela, certo? A partir de agora, a mulher de parca é a assassina.

— Certo — diz Hurst.

Ele roda o vídeo em velocidade dezesseis vezes reduzida. Com uma lentidão infinita, como se estivesse atravessando melaço, a figura encapuzada entra no hotel, ergue a mão desfocada na direção do recepcionista e some de vista da câmera. Não dá para ver o rosto, nem ali nem nas imagens dos corredores do hotel.

— Olha ela instalando aquela escuta do lado da suíte de Kedrin — diz Hurst. — Ela sabe que está sendo filmada, mas não se importa, porque sabe que não temos como identificá-la. Pode admitir, Eve, ela é boa.

— Você não conseguiu nenhuma impressão digital na escuta, nem em lugar algum?

— Preste atenção. Luvas cirúrgicas.

— Filha da *puta* — suspira Eve.

Hurst ergue uma sobrancelha.

— Ela é uma escrota homicida, Gary, e me custou a carreira. Eu a quero, viva ou morta.

— Boa sorte — diz Hurst.

No apartamento da Avenue Kléber, Gilles Mercier e a esposa, Anne-Laure, recebem visita. Entre os convidados para o jantar estão um funcionário do Departamento de Comércio Exterior, o diretor de um dos principais fundos de hedge da França e o vice-presidente executivo da casa de leilões de belas-artes mais importante de Paris. Com essa lista de convidados, Gilles se esforçou consideravelmente para garantir que tudo saísse à perfeição. A comida foi fornecida pelo Fouquet's, que fica na Champs-Élysées, o vinho (Puligny-Montrachet de 2005, Haut-Brion de 1998) é de sua adega pessoal cuidadosamente selecionada, e lâmpadas precisamente ajustadas iluminam o armário de relógios em *ormolu* e duas pinturas a óleo da praia de Trouville, de Boudin, que o vice-presidente executivo já percebeu que são falsas e até sussurrou isso para seu acompanhante mais jovem.

A conversa dos homens passou por assuntos previsíveis. Imigrações, a ingenuidade fiscal dos socialistas, os bilionários russos que inflacionam o preço das casas de férias em Val-d'Isère e na Île de Ré e a próxima temporada na Ópera. Enquanto isso, as esposas e o amigo do vice-presidente executivo falaram sobre a nova coleção de Phoebe Philo, os fabulosos pijamas da Primark, o último filme de Ryan Gosling e um baile de caridade que a esposa do diretor do fundo de hedge está organizando.

Convidada por Anne-Laure para equilibrar o grupo, Villanelle está morrendo de tédio. O funcionário do governo, que já encostou o joelho no dela mais de uma vez por baixo da mesa, está fazendo várias perguntas sobre suas atividades na bolsa de valores, e ela responde com generalidades evasivas.

— Então, como estava Londres? — indaga ele. — Fui para lá em novembro. Muito trabalho?

— É, o trabalho é sempre de matar. Mas lá estava lindo. O Hyde Park com neve. As luzes de Natal, as vitrines bonitas...

— E as noites? — Ele deixa a pergunta pairando no ar.

— À noite, eu lia e dormia cedo.

— Sozinha? Com seu pijama da Primark? — Dessa vez, é a mão que vai até o joelho dela.

— Exatamente. Acho que sou uma garota meio sem graça. Casada com o trabalho. Mas eu queria perguntar, quem é o cabeleireiro da sua esposa? Aquele penteado em camadas fica lindo nela.

O sorriso do sujeito fica mais fraco, e a mão dele se afasta. Os minutos se passam, taças e pratos são preenchidos e repostos, circulam boatos do Palácio do Eliseu e um Armagnac de cinquenta anos. A noite enfim se esgota, e os convidados recebem seus casacos de volta.

— Vem — diz Anne-Laure, puxando Villanelle pelo braço. — Vamos também.

— Tem certeza? — murmura Villanelle, de olho em Gilles, que está tampando garrafas e passando instruções aos funcionários.

— Tenho — sussurra Anne-Laure. — Se eu não sair deste apartamento neste instante, vou dar um grito. E olhe só você, toda chique. Nunca vi uma garota precisando tanto de uma aventura...

Cinco minutos depois, as duas estão contornando o Arco do Triunfo em alta velocidade, no Audi Roadster prata de Villanelle. É uma noite fria e limpa, e pequenos flocos de neve cintilam no ar. A capota do Roadster está abaixada, e Héloïse Letissier solta a voz nos alto-falantes.

— Aonde a gente está indo? — grita Villanelle, e seus cabelos sacodem no vento gelado da Champs-Élysées.

— Não importa — responde Anne-Laure, movendo os lábios sem emitir som. — Pode dirigir.

Villanelle pisa fundo, e em meio a gritos e risadas as duas mulheres correm pela escuridão deslumbrante da noite parisiense.

No penúltimo dia da licença compulsória, um envelope com o nome de Eve entra pela fresta do correio na porta do apartamento. O papel timbrado tem o selo do Travellers Club, na Pall Mall. A mensagem, escrita com uma letra inclinada e sem assinatura, é breve e concisa:

Favor vir à sede de BQ Optics Ltd., segundo andar, junto à estação de metrô da Goodge Street, amanhã (domingo), às 10h30. Traga esta carta. Confidencial.

Eve lê a mensagem algumas vezes. O papel timbrado do Travellers Club sugere que o remetente tem algum vínculo com os Serviços de Segurança ou com o Foreign Office, e o fato de que foi escrita à mão e entregue pessoalmente sugere uma desconfiança perfeitamente sensata em relação a e-mails. Pode ser um golpe, claro, mas quem se daria ao trabalho?

Às nove e meia do dia seguinte, ela deixa Niko sentado à mesa da cozinha em meio a um mar de folhetos de propaganda. Ele está avaliando os custos e benefícios de transformar o sótão em uma mini-horta hidropônica, mantida com lâmpadas de LED de baixo consumo, para produzir *pak choi* e brócolis.

A entrada da BQ Optics fica na Tottenham Court Road. Reparando na porta assim que sai da estação da Goodge Street, Eve atravessa a rua e fica uns cinco minutos parada na frente da Heal's, a loja de móveis, só observando o local. A fachada da estação de metrô e das salas do primeiro andar é de tijolo marrom, e os andares de cima são residenciais e têm aspecto decadente. As salas do segundo andar parecem desertas.

Mas quando ela aperta a campainha ao lado do portão de entrada, alguém o destrava imediatamente. Uma escada sobe até o primeiro andar, que é a sede de uma agência de alistamento, e a partir dali os degraus ficam mais estreitos. A porta da BQ Optics está entreaberta. Um pouco envergonhada, Eve a abre mais e dá um passo para trás. Por um instante, nada acontece, e então um vulto alto de sobretudo surge sob a luz turva.

— Srta. Polastri? Obrigado por vir.

— É senhora. E você é?

— Richard Edwards, sra. Polastri. Perdão.

Ela o reconhece e fica espantada. Ex-chefe da seção de Moscou e agora diretor da divisão russa no MI6, ele é uma figura muito importante no mundo dos serviços de inteligência.

— E pelo mistério. Peço desculpas por isso também.

Ela balança a cabeça, confusa.

— Venha, sente-se.

Ela entra. A sala está fria e empoeirada, e as janelas, quase opacas pela sujeira. A única mobília é uma mesa de aço antiga, com dois copos descartáveis de café Costa em cima, e um par de cadeiras dobráveis enferrujadas.

— Imaginei que seria com leite, sem açúcar.

— Obrigada, perfeito. — Ela toma um gole.

— Fui informado de sua situação na Thames House, sra. Polastri.

— Eve, por favor.

Ele faz um gesto afirmativo com a cabeça, e seu olhar parece austero sob a luz fraca que entra pela janela.

— Não vou perder tempo. Você está sendo responsabilizada por não ter evitado o assassinato de Viktor Kedrin, morto pelas mãos de uma mulher desconhecida. Sua avaliação inicial foi de não solicitar proteção policial para Kedrin, mas depois você mudou de ideia, e então essa decisão foi barrada. Correto?

Eve faz que sim.

— De modo geral, sim.

— O que chegou a mim, e você vai ter que confiar na minha palavra, é que isso não foi resultado de inflexibilidade administrativa ou restrições orçamentárias do departamento. Certos elementos na Thames House, e mesmo em Vauxhall Cross, estavam determinados a impedir que Kedrin fosse protegido.

Ela o encara.

— Quer dizer que agentes dos Serviços de Segurança conspiraram para facilitar o homicídio?

— Algo assim.

— Mas... por quê?

— A resposta abreviada é que não sei. Mas definitivamente houve alguma pressão. É impossível saber se foi uma questão ideológica, ou de corrupção, ou se foi o que os russos chamam de *kompromat*, chantagem, mas não são poucos os indivíduos e as instituições que gostariam de silenciar Kedrin. O que ele oferecia era a base para um novo super-Estado fascista, de implacável hostilidade contra o Ocidente capitalista. Ele não teria começado amanhã, mas se olharmos um pouco mais à frente, a cena é perturbadora.

— Então o senhor acha que os responsáveis talvez pertençam a algum grupo pró-Ocidente, pró-democracia?

— Não necessariamente. É bem possível que seja mais uma organização de extrema direita, determinada a fazer as coisas do próprio jeito. — Ele olha para o trânsito na Tottenham Court Road. — Entrei em contato com o ministro do Exterior russo semana passada por meio da... Digamos que foi a antiga rede de espiões. Prometi que, já que Kedrin foi morto em solo britânico, nós descobriríamos quem o matou. Ele aceitou, mas deixou bem claro que, até o momento dessa descoberta, haveria um estado de hostilidade diplomática entre nossos países.

Ele se vira para ela.

— Eve, quero que você vá à Thames House amanhã de manhã e peça demissão, e o pedido será aceito. Depois, quero que você venha trabalhar para mim. Não em Vauxhall Cross, mas aqui nesta sala, que aparentemente é nossa. Você terá um salário correspondente a uma executiva do Serviço Secreto de Inteligência, um auxiliar e apoio total de TI e comunicações. Sua missão, que você perseguirá a qualquer custo, é identificar a pessoa que matou Viktor Kedrin. Você não falará disso com ninguém de fora da sua equipe e responderá apenas a mim. Se precisar de qualquer adicional em termos de pessoal, como equipes de vigilância ou reforços armados, libere comigo, e apenas comigo. Na prática, você atuará como se estivesse em território hostil. Regras de Moscou.

A mente de Eve está pulando para todos os lados.

— Por que eu? — pergunta ela. — O senhor com certeza tem...

— Sinceramente, porque você é a única pessoa que eu sei que não foi comprometida. Não sei até que ponto a podridão se alastrou. Mas estudei a fundo sua ficha, e minha avaliação é que você está apta para o trabalho.

— Obrigada.

— Não me agradeça. Vai ser difícil e perigoso. Quem quer que seja a assassina, e há rumores sobre diversos alvos internacionais importantes mortos por uma mulher nos últimos anos, ela está entrincheirada e muito, muito bem protegida. Se você aceitar, terá que mergulhar nisso. Vá fundo. — Ele passa os olhos pela sala vazia e gelada. — O inverno vai ser longo.

Eve se levanta. Está com a impressão vertiginosa de que o mundo ficou mais devagar. Há um momento de silêncio intenso.

— Eu aceito — diz ela. — Vou encontrá-la. Custe o que custar.

Richard Edwards assente. Estende a mão. E Eve sabe que tudo vai mudar para sempre.

3

Já são quase sete da noite quando FatPanda sai do prédio manchado pela chuva na rua Datong. O mês de junho, em Shanghai, é uma época de umidade pesada e pés-d'água frequentes. As ruas e calçadas brilham, carros e caminhões passam em meio a chiados e gargarejos dos canos de descarga, e ondas de calor emergem do asfalto molhado. FatPanda não é jovem nem está em boa forma, e a camisa suada logo gruda em seu corpo.

Mas o dia foi bom. Ele e sua turma do Dragão Branco conseguiram fazer um *spear-phishing* contra uma empresa chamada Talachyn Aerospace, da Bielo-Rússia, e acabaram de começar toda aquela delícia de sugar os dados da empresa e roubar senhas e arquivos de projetos, deitando e rolando nas informações mais sigilosas.

Nos oito anos desde que foi formada, a turma do Dragão Branco já atacou quase cento e cinquenta alvos militares e corporativos, primeiro nos Estados Unidos, e, mais recentemente, na Rússia e na Bielo-Rússia. Como foi com a maioria das outras vítimas, a Talachyn praticamente não ofereceu resistência. Há uma semana, um funcionário de baixo escalão recebeu um e-mail pretensamente enviado pelo diretor de segurança da empresa e pedia para clicar em um link com informações sobre um novo firewall. Na verdade, o link continha o arquivo de download ZeroT, uma ferramenta de acesso remoto criada por FatPanda, que liberou os arquivos operacionais da Talachyn para a turma.

Como eles têm a ver com projetos confidenciais de caças de combate, serão particularmente interessantes para os superiores de FatPanda em Beijing, pois o Dragão Branco não é, como houve quem pensasse, um mero grupo de hackers e anarquistas interessados em destruição gratuita. Eles são uma unidade de elite de guerra cibernética que faz parte do Exército da Libertação Popular da China e realiza ataques direcionados contra corporações estrangeiras, infraestrutura e sistemas de inteligência militar. O prédio anônimo localizado na rua Datong é equipado com servidores potentes e cabos de fibra óptica de alta velocidade, tudo refrigerado por sistemas calibrados de ar condicionado. FatPanda, o líder da equipe, se chama tenente-coronel Zhang Lei e foi ele que escolheu o título da equipe. Um dragão branco feito Lua, segundo a simbologia chinesa, representa um poder sobrenatural feroz. É um sinal de morte. Um alerta.

Sem dar atenção à multidão de trabalhadores que estão voltando para casa e ao calor melado, FatPanda caminha sem pressa sob a bruma vespertina do bairro Pudong, contemplando admirado os arranha-céus decorativos da cidade; a imensa coluna de vidro da Torre de Shanghai, a lâmina azul-prateada do World Financial Center e o gigantesco monumento que é a Jin Mao Tower. O fato de a paisagem ser bem menos espetacular nas ruas, onde mendigos reviram latas de lixo, não incomoda FatPanda.

Ele é, em muitos sentidos, um homem inteligente e até genial. Certamente é um cibersoldado mortífero. Mas o sucesso fez com que FatPanda cometesse um erro estratégico crucial: ele subestimou o inimigo. Enquanto ele e sua turma vasculhavam a propriedade intelectual de empresas estrangeiras, enviando terabytes de dados secretos para Beijing, os serviços de inteligência do mundo e empresas particulares de segurança não ficaram parados. Esses analistas também vêm coletando seus próprios dados: identificando endereços de IP, decodificando o malware do Dragão Branco e acompanhando as atividades do grupo, tecla por tecla.

As informações adquiridas e a identidade de FatPanda e sua equipe foram repassadas pelos degraus da hierarquia. Até o momento, nenhum governo ocidental ou russo correu o risco de confrontar Beijing com alguma acusação direta contra o Exército da Libertação Popular por roubos de dados com apoio do Estado; a crise diplomática seria prejudicial demais. Mas há quem não se preocupe tanto com essas sensibilidades. A atividade predatória do Dragão Branco custou bilhões de dólares às vítimas com o passar dos anos, e um grupo de indivíduos, que detém mais poder do que qualquer governo, decidiu que é hora de agir.

Há quinze dias, durante uma reunião dos Doze em uma propriedade particular à beira-mar perto de Dartmouth, em Massachusetts, o tenente-coronel Zhang Lei foi tema de uma votação. Todos os peixes colocados na bolsinha de veludo eram vermelhos.

Faz uma semana que Villanelle está em Shanghai.

FatPanda avança pelos pedestres e pela fumaça de diesel de Pudong em seu caminho rumo à estação de barcas da rua Dongchang. Ele foi treinado nas técnicas de antivigilância, mas faz anos que não as pratica com real assiduidade. Ele está em seu próprio território, e seus inimigos ficam a continentes de distância, pouco mais que nomes de usuário piscando por trás de senhas transparentes. Nunca chegou a lhe ocorrer que suas ações poderiam ter consequências letais.

Talvez seja por isso que, ao pisar na barca, FatPanda não perceba o jovem de terno, parado alguns metros atrás dele, que o seguiu desde o escritório e que fala por um instante no celular antes de sumir na multidão apressada da rua Dongchang. Ou talvez seja só pela distração do tenente-coronel Zhang Lei, pois esse príncipe dos ciberespiões tem o próprio segredo, que seus colegas ignoram completamente. Um segredo que, conforme a barca adentra as correntes poluídas do rio Huangpu, o enche de uma empolgação sinistra cheia de expectativa.

FatPanda olha à frente, vendo sem ver o panorama iluminado do Bund, a zona portuária de um quilômetro de extensão que abriga os famosos edifícios da velha Shanghai. Com indiferença, seu olhar corre pelos antigos bancos e comércios. Esses monumentos ao poder colonial viraram hotéis de luxo, restaurantes e casas noturnas, lugares de diversão para turistas ricos e a elite financeira. O destino dele é do outro lado dessa farsa dourada.

Ao sair da barca no terminal ao sul do Bund, FatPanda observa superficialmente os arredores, mas, de novo, não percebe a pessoa que relata seu avanço, agora uma jovem com um uniforme de algum hotel. Quinze minutos depois, ele deixou o Bund para trás e segue às pressas pela malha de becos estreitos da Cidade Velha. Esse bairro, lotado de turistas e pessoas fazendo compras, carregado com o cheiro de escapamento de motonetas e o aroma pungente e gorduroso de comida de rua, não se parece nada com o esplendor monumental do Bund. Cordas de varal e fios de energia elétrica pendem sobre as ruas apertadas, onde mulheres agachadas cuidam de barracas cheias de produtos molhados pela chuva, e lojinhas minúsculas debaixo de toldos cujas hastes são de bambu vendem antiguidades falsas e calendários femininos retrô. Quando FatPanda vira em uma esquina, um cafetão em uma scooter gesticula para dentro de uma porta mal iluminada, onde várias prostitutas jovens aguardam e cochicham.

Ele agora está com pressa, o coração pula no peito, e FatPanda passa direto por essas tentações. Seu destino é um prédio de três andares em uma esquina da rua Dangfeng. Na entrada, ele digita um código de quatro algarismos. A porta se abre e revela uma mulher de meia-idade na recepção. Algo na rigidez do sorriso dela sugere alguma cirurgia maxilar considerável.

— Sr. Leung — diz ela, com simpatia, ao consultar o laptop. — Por favor, pode subir.

Ele sabe que ela sabe que Leung não é seu nome, mas na casa da rua Dangfeng vigora certa etiqueta.

O primeiro andar é dedicado a prazeres sexuais relativamente convencionais. Conforme sobe a escada, FatPanda vislumbra, atrás de uma porta que se abre por um instante, um cômodo cor-de-rosa e uma garota de camisola curta.

O segundo andar é muito mais especializado. FatPanda é recebido por uma jovem séria que veste um uniforme verde e branco, com saia impecável. A mulher usa uma touca engomada presa ao cabelo amarrado, uma máscara cirúrgica e um avental transparente de plástico que faz barulho quando ela se mexe. Ela cheira a um desinfetante austero. Uma etiqueta presa no peito a identifica como Enfermeira Wu.

— Você está atrasado — diz ela, em tom gélido.

— Desculpe — sussurra FatPanda. Ele já está tão empolgado que chega a tremer.

Franzindo a testa, a Enfermeira Wu o conduz até um cômodo dominado por uma maca, alguns monitores e um ventilador. Debaixo de uma lâmpada no teto, uma série de bisturis, afastadores e outros instrumentos cirúrgicos repousa com um brilho sutil em algumas bandejas de alumínio.

— Tire as roupas e deite-se — exige ela, indicando um avental médico rosa.

O avental mal chega aos quadris carnudos de FatPanda, e quando se acomoda na maca com os genitais expostos, ele se sente profunda e palpitantemente vulnerável.

Começando pelos braços dele, a Enfermeira Wu prende diversas amarras de tecido e velcro, apertando as faixas com tanta força em torno do peito, das coxas e dos tornozelos de FatPanda que o imobiliza completamente. A última amarra envolve seu pescoço e, quando ela está firme, a Enfermeira Wu cobre o nariz e a boca dele com uma máscara de oxigênio de plástico preto. A respiração dele agora parece um chiado entrecortado e urgente.

— Você entende que isto é tudo para o seu bem? — pergunta a Enfermeira Wu. — Alguns dos procedimentos necessários são muito invasivos e podem doer.

FatPanda solta um gemido fraco por baixo da máscara. Seus olhos apavorados saltam de um lado para outro. Por um instante, a centímetros do rosto dele, o avental de plástico da Enfermeira Wu cai para a frente e o uniforme se abre para revelar uma virilha volumosa vestida com uma calcinha prática, talvez de uso militar.

— Bem! — diz ela, e ele escuta o estalo de luvas de látex. — Você precisa de uma irrigação vesical completa. Então vou ter que raspá-lo e inserir o cateter.

FatPanda escuta o som de água e sente o calor do toque quando ela passa a espuma em suas partes íntimas e começa a raspá-las com uma navalha cirúrgica. Logo seu pênis se ergue e treme feito uma marionete. Depois de guardar a navalha, com o olhar pensativo por cima da máscara cirúrgica tripla, a Enfermeira Wu pega um fórceps com trava na bandeja. Ela o segura por um instante na frente do rosto dele e então prende os dentes afiados do instrumento na base do saco escrotal. FatPanda olha para ela com adoração, e lágrimas de dor escorrem pelo seu rosto. Mais uma vez, como se fosse puro acaso, ele consegue vislumbrar o púbis polpudo da Enfermeira Wu. Ouve o tinido do metal, sente o fórceps ser retirado, e logo em seguida uma sensação lancinante se alastra pelo períneo.

— Olhe só o que você me obrigou a fazer — murmura a Enfermeira Wu, exasperada, segurando um bisturi, cuja lâmina está manchada de vermelho. — Vou ter que suturar isso.

Ela abre um pacote esterilizado, pega uma linha de monofilamento para sutura e começa a trabalhar. FatPanda arqueja assim que a agulha é inserida e, conforme a Enfermeira Wu aperta bem o nó do fio, ele estremece com um prazer quase irrefreável. Contrariada por essa impertinência, a Enfermeira Wu pega uma sonda cromada de dentro de uma comadre cheia de gelo e a insere com força no reto de FatPanda. Ele agora está de olhos fechados. Está no ponto, no lugar onde o terror e o êxtase se encontram em um turbilhão obscuro.

E então em um instante, em silêncio, a Enfermeira Wu some. Os olhos de FatPanda se reviram vagarosamente, explorando o restrito campo de visão, e uma figura diferente emerge. Como a Enfermeira Wu, ela usa um avental cirúrgico, touca, máscara e luvas. Mas os olhos que observam FatPanda não são cor de âmbar como os da Enfermeira Wu. São cinzentos e frios como o inverno russo.

FatPanda a encara com uma surpresa entorpecida. Uma praticante nova é um desvio de roteiro que ele não esperava.

— Receio que a situação esteja muito séria — diz ela, em inglês. — É por isso que fui chamada.

Os olhos de FatPanda brilham de empolgação. Uma cirurgiã *gweipo*. A clínica se superou.

Villanelle percebe pela expressão do homem que ele entendeu suas palavras. Não que ela tenha alguma dúvida de que um sujeito que passou quase uma década lendo documentos confidenciais de empresas internacionais seja fluente em inglês. De uma bolsa aos seus pés, ela pega um cilindro de alumínio com apenas vinte e três centímetros de comprimento. Ela desconecta a mangueira do tanque de oxigênio que abastece a máscara de FatPanda e a liga ao cilindro.

Monóxido de carbono puro não tem cheiro nem gosto. Para a hemoglobina do corpo humano, é impossível distingui-lo do oxigênio. Quando a primeira baforada fria do gás entra nas narinas, FatPanda sente os fios da realidade se dissiparem. Vinte segundos depois, ele para de respirar.

Quando tem certeza de que ele está morto, Villanelle religa o oxigênio à máscara de borracha. Ela não tem dúvida de que alguém especializado como o tenente-coronel Zhang Lei vai receber uma autópsia bastante meticulosa e que a causa verdadeira da morte não demorará a ser revelada, mas não faz mal semear um pouco de confusão.

Ela se ajoelha e examina o corpo desfalecido da Enfermeira Wu. Quando Villanelle pôs a mão com luva de látex sobre a boca da mulher, enfiou uma agulha hipodérmica no pescoço dela e injetou uma dose cuidadosamente calculada de etorfina, a jovem de Shanghai soltou um fraco suspiro de surpresa antes de cair para trás em seus braços. Minutos depois, ela ainda parece sobressaltada, mas sua respiração está calma; ela vai levar meia hora para recobrar a consciência.

Para dar um toque artístico, Villanelle tira a calcinha da Enfermeira Wu e coloca em cima da cabeça de FatPanda. Depois, usando um celular barato comprado com dinheiro vivo naquela tarde, ela tira fotos dele a partir de diversos ângulos, nenhum favorável. Um último clique envia as fotos por e-mail, com um comentário preparado, para meia dúzia de blogueiros e subversivos mais influentes da China. Essa história o governo de Beijing não vai conseguir acobertar.

Se existe uma norma informal comum aos bordéis do mundo todo é a de que o cliente que chega não pode se encontrar com o cliente que sai. Na casa de Dangfeng, uma escada nos fundos dá na saída, e é por ela que Villanelle está descendo, depois de tirar o uniforme cirúrgico. Do lado de fora, as ruas estão úmidas e ainda cheias de turistas e famílias a passeio, e ninguém repara em uma jovem ocidental de boné que leva uma mochila pequena nas costas. Quando forem pressionados — e, nos próximos dias e semanas, serão feitas algumas perguntas difíceis pelas ruas e vielas da Cidade Velha —, um ou dois observadores lembrarão que o boné da mulher tinha a logo do New York Yankees e que o cabelo castanho-claro dela estava preso em um rabo de cavalo, e essas impressões vagas darão origem ao boato de que a suspeita é americana. Para a frustração dos serviços de inteligência e da polícia, ninguém vai se lembrar do rosto dela.

Uma caminhada de dez minutos basta para Villanelle descartar o celular, a bateria e o chip em lixeiras de restaurantes diferentes. O avental, as luvas, a máscara, a touca e o cilindro de alumínio com co vão parar no fundo turvo do rio Huangpu, dentro de uma sacola de compras cheia de pedras, fechada com barbante.

Já se passaram horas, e Villanelle está deitada em uma banheira provençal, em um apartamento do décimo andar de um prédio, na exclusiva Concessão Francesa de Shanghai, meditando sobre o homicídio que acabou de cometer. A água é perfumada com essência de jasmim, as paredes são verde-jade, cortinas de seda balançam com a brisa suave.

Como sempre nessas ocasiões, a correnteza das emoções de Villanelle flui. Ela sente satisfação por um trabalho bem-feito. Pesquisa detalhada, planejamento imaginativo e um assassinato limpo e silencioso. Alguém mais teria conseguido eliminar Fat-Panda com tanto estilo, com tanta facilidade e falta de atrito? Ela reproduz mentalmente os momentos finais dele. A surpresa quando os dois cruzaram olhares. E então a curiosa aceitação quando ele começou a mergulhar no abismo.

Ela se sente satisfeita, também, pela importância de sua função. É inebriante a sensação de estar no centro imóvel enquanto o mundo gira à sua volta e ter consciência de ser um instrumento do destino. A certeza de que ela não é amaldiçoada, mas abençoada por uma força terrível, compensa as humilhações brutais de seus anos como Oxana Vorontsova.

De todas essas humilhações, a que ela ainda sente com mais intensidade é a rejeição de Anna Ivanovna Leonova, a professora de francês. Leonova, uma mulher solteira de quase trinta anos, nutria uma fascinação considerável pelos dotes linguísticos precoces de sua pupila problemática e, ignorando a grosseria e deselegância de Oxana, estava determinada a abrir os olhos da menina para um mundo além dos limites cinzentos de Perm. Então, aos fins de semana, faziam sessões no apartamento minúsculo de Anna, para tratar de Colette e Françoise Sagan, e em uma ocasião memorável, houve uma visita ao Teatro Tchaikóvski, para ver uma apresentação da ópera *Manon Lescaut*.

Oxana ficou intrigada com a atenção. Jamais alguém havia passado tanto tempo com ela. Entendia que o que Anna Ivanovna estava lhe oferecendo era algo generoso, algo próximo de amor. Oxana compreendia o conceito dessa emoção, mas também sabia que era incapaz de senti-la. Já o desejo físico era outra história, e ela passava noites a fio em claro, tão torturada por um anseio voraz pela professora que só conseguia se expressar através de uma postura de descaso melancólico.

Não que a Oxana adolescente fosse inexperiente em termos de sexo. Ela havia tentado com homens e mulheres e não tivera a menor dificuldade de manipular ambos. Mas, com Anna, ela aspirava um campo de sensações que pairava além das apalpadas embriagadas de motoqueiros nos fundos do Bar Molotov ou da língua bruta da guarda que a pegara roubando na loja de departamentos TSUM, a levara para o banheiro e enfiara a cara entre as coxas de Oxana em troca de silêncio.

Ela tentou, só uma vez, evoluir o relacionamento com Anna. Foi na noite da *Manon Lescaut*. Elas estavam sentadas no balcão, na fileira dos fundos, e mais para o final da ópera Oxana inclinou a cabeça na direção do ombro da professora. Quando Anna respondeu, envolvendo-a com o braço, Oxana ficou tão empolgada que mal conseguia respirar.

À medida que a música de Puccini reverberava em volta delas, Oxana estendeu a mão e tocou um seio de Anna. Com um gesto gentil, mas firme, Anna removeu a mão e pouco depois, também com firmeza, Oxana voltou a colocá-la. Aquele era um jogo que ela havia experimentado muitas vezes na imaginação.

— Pare — disse Anna, em voz baixa.

— Você não gosta de mim? — sussurrou Oxana.

A professora suspirou.

— Oxana, claro que gosto. Mas não significa...

— O quê?

Ela entreabriu os lábios, e seus olhos procuraram os de Anna na penumbra.

— Não significa... *isso*.

— Então vai se foder, e foda-se sua ópera idiota — sussurrou Oxana, sentindo a fúria crescer sem controle dentro de si.

Ela se levantou, foi aos tropeços rumo à saída e desceu correndo a escada até a rua. Fora do teatro, a cidade estava iluminada pelo brilho sulfuroso da noite, e flocos de neve se agitavam diante dos faróis na Kommunisticheskaya Prospekt. Estava um frio de rachar, e Oxana percebeu que tinha deixado o casaco no teatro.

Estava furiosa demais para se importar. Por que Anna Ivanovna não a quis? Aquela história de cultura era boa e tal, mas ela precisava de mais do que isso. Precisava ver o desejo nos olhos dela, ver tudo que lhe dava poder sobre Oxana — a delicadeza, a paciência, a porra da *virtude* — se dissolver em uma entrega sexual.

Mas Anna resistiu a essa transformação. Muito embora, bem no fundo, ela sentisse exatamente o mesmo, e Oxana sabia disso porque tinha percebido o coração da mulher palpitar sob sua mão. Era intolerável, insuportável. E ali, na porta do teatro, enfiando a mão na calça jeans, Oxana liberou sua frustração até cair de joelhos na calçada cheia de gelo.

Anna perdoou o comportamento dela no Teatro Tchaikóvski, mas Oxana nunca perdoou Anna, e seus sentimentos pela professora assumiram um teor mórbido e raivoso.

Quando Anna foi estuprada, a situação chegou ao limite. Oxana pegou a faca militar do pai, atraiu Roman Nikonov para o meio do mato e resolveu a pendência. Nikonov sobreviveu, o que não fazia parte do plano dela, mas fora isso correu tudo perfeitamente.

Oxana nunca foi interrogada, e ainda que preferisse que sua vítima tivesse morrido de choque e hemorragia, pelo menos havia a satisfação de saber que ele seria obrigado a passar o resto da vida mijando por uma sonda. E ela disse isso para Anna Leonova, oferecendo a história à professora como um gato que traz para casa um pássaro mutilado.

Com a reação de Anna, o mundo de Oxana desabou. Ela esperara alívio, admiração, gratidão profunda. Mas a professora apenas a encarara com um silêncio gélido e horrorizado. Anna disse que só não avisaria imediatamente à polícia porque sabia das condições que Oxana enfrentaria na penitenciária feminina. Ela guardaria silêncio, mas não queria ver ou falar com Oxana nunca mais.

A injustiça e a sensação lancinante de perda levaram Oxana à beira do suicídio. Ela pensou em pegar a pistola Makarov do pai, ir para a casa de Anna e se matar. Cobrir o apartamentinho da Komsomolsky Prospekt com sangue e miolos. Talvez transasse com Anna antes; uma nove milímetros automática era um acessório de sedução bastante persuasivo.

Mas no fim das contas Oxana não fez nada. E a parte dela que com tanto ardor desejara dominar Anna simplesmente congelou.

Imersa na água perfumada no apartamento em Shanghai, Villanelle sente a elação de antes dar lugar a uma contracorrente de melancolia. Ela vira a cabeça para a janela, uma lâmina de vidro que enquadra o brilho do crepúsculo e os telhados na Concessão Francesa, e morde o lábio superior com uma expressão contemplativa. Na frente da janela há um vaso Lalique de peônias brancas, de pétalas macias e recurvadas.

Ela sabe que deveria ficar escondida, que sair à caça de sexo, ainda por cima hoje, seria imprudente. Mas também reconhece a fome dentro de si. Uma fome cuja força só vai aumentar. Ela sai da banheira, em meio ao vapor, e para nua em frente ao vidro da janela, considerando as infinitas possibilidades à sua disposição.

Já passa de meia-noite quando ela entra no Aquarium. A boate fica no subsolo de um lugar onde antes funcionava um banco particular no norte do Bund, e o acesso só é permitido através de indicações pessoais. Villanelle soube do Aquarium pela esposa de um empreiteiro japonês que conheceu no Peninsula Spa de Huangpu. A sra. Nakamura, uma mulher estilosa e fofoqueira, explicou a Villanelle que costumava ir lá às sextas à noite. "E sozinha, sem a companhia do meu marido", acrescentou ela, com um sugestivo olhar enviesado.

O funcionário na porta definitivamente conhece o nome de Mikki Nakamura. Ele conduz Villanelle através de uma porta até uma escada em espiral que desce para uma câmara subterrânea ampla e pouco iluminada. O lugar está lotado, e um burburinho animado de conversa se sobrepõe à batida abafada da música.

Villanelle para por um instante na base da escada e observa seu entorno. O elemento mais chamativo é uma placa de vidro de uns dez metros de altura que vai do chão ao teto. Uma sombra em movimento escurece o azulão luminoso desse vidro, e depois outra, e Villanelle se dá conta de que está olhando para um tanque de tubarões. Cações e tubarões-martelos deslizam de um lado para outro, e as lâmpadas aquáticas projetam um brilho sedoso na pele dos animais.

Hipnotizada, Villanelle caminha na direção do tanque. A boate tem cheiro de riqueza, uma combinação inebriante de frangipana, incenso e corpos perfumados com marcas de grife. No tanque, um tubarão-tigre aparece e fita Villanelle com seus olhos inexpressivos e indiferentes.

— Olhos mortos — diz Mikki Nakamura, materializando-se ao seu lado. — Conheço muitos homens assim.

— Todas conhecemos — diz Villanelle. — E mulheres também.

Mikki sorri.

— Que bom que você veio — murmura ela, deslizando um dedo pelas costas do *qipao* preto de seda de Villanelle. — Isto é um Vivienne Tam, não é? Lindo.

Villanelle corresponde ao sorriso de Mikki e também elogia a roupa dela. Ao mesmo tempo, faz uma verificação de segurança, passando os olhos pela boate em busca de qualquer elemento ou indivíduo fora de lugar. Do vulto indefinido nas sombras. Do olhar que se desvia rápido demais. Do rosto que não encaixa.

Sua atenção é capturada por uma figura esguia de top branco e minissaia. Mikki acompanha o olhar de Villanelle e suspira.

— É, eu sei o que você está pensando. Quem soltou os cachorros?

— Garota bonita — diz Villanelle.

— Garota? Até certo ponto. É Janie Chou, uma das travestis de Alice Mao.

— Quem é Alice Mao?

— Ela é a dona desta boate. Na verdade, ela é a dona do prédio todo. É uma das mulheres mais ricas de Shanghai, graças ao mercado do sexo.

— Obviamente, é uma empresária e tanto.

— Não deixa de ser. Com certeza não é bom despertar a inimizade de alguém como ela. Mas me deixe arrumar alguma coisa para você beber. Os martínis de melancia são fabulosos.

— E fabulosamente fortes, imagino.

— Relaxe, querida — diz Mikki. — *Divirta*-se.

Enquanto a mulher se junta à multidão no pequeno bar decorado com art déco, onde uma pessoa jovem e elegante prepara coquetéis atrás do balcão, Villanelle se permite ser levada por um grupo de rapazes chineses cobertos quase dos pés à cabeça com roupas de grife.

— Acho que você não tem o que eles querem — diz uma voz suave ao lado dela. — Mas talvez eu tenha o que *você* quer.

Villanelle fita os belos olhos inclinados de Janie Chou.

— E o que eu quero?

— Uma experiência romântica completa? Beijo na boca, bastante chupada e trepada, e depois eu preparo alguma coisa para você comer?

— Acho que hoje não. Meu dia foi de matar.

Janie se aproxima, e Villanelle sente o cheiro de jasmim no cabelo dela.

— Quer siri, rica?

Villanelle ergue uma sobrancelha.

— Não, bobinha! Estou falando de caranguejo! Caranguejo-peludo. Muito caro.

Mikki chega com duas taças de martíni cheias e entrega uma para Villanelle, fazendo questão de ignorar Janie.

— Quero te apresentar uma pessoa — diz ela, pegando Villanelle pelo braço e levando-a embora.

— O que é um caranguejo-peludo?

— Uma iguaria local — diz Mikki. — Ao contrário daquela putinha.

Ela apresenta Villanelle a um rapaz malaio bonito em um terno de anarruga.

— Este é Howard — diz ela, claramente ansiosa pela aprovação de Villanelle. — Howard, esta é Astrid.

Eles trocam um aperto de mãos, e Villanelle relembra os detalhes de seu disfarce. Astrid Fécamp, 27 anos, colunista do *Bilan21*, um periódico em francês sobre investimentos. Como todas as lendas dela, essa também foi inventada com muito cuidado. Caso alguém tentasse investigar mademoiselle Fécamp na internet, descobriria que ela atua como colaboradora do *Bilan21* há dois anos e é especializada no futuro da área de petroquímicos.

Mas Howard está ocupado demais se desfazendo em elogios para Mikki e não tem tempo para pensar nesses detalhes.

— Fúcsia! — murmura ele, dando um passo atrás, a fim de admirar o vestido de festa Hervé Léger dela. — A cor perfeita para você.

Pessoalmente, Villanelle acha que a cor é um desastre. Na brancura de marfim da pele de Mikki, a mulher fica parecendo a mãe de Howard. Mas talvez seja essa a preferência dele.

— Então o que você faz? — pergunta Villanelle. — Trabalha com moda?

— Nada do tipo. Eu tenho um spa-conceito em Xintiandi.

— É um paraíso — murmura Mikki. — Tem um jardim de pedras e uma fonte de gelo da Evian, e monges budistas alinham os nossos chacras e fazem penteados.

— Parece incrível. Tenho certeza de que meus chacras estão todos uma merda.

— Ora. — Howard sorri. — Você precisa ir conhecer.

Assim que consegue escapar de um jeito cortês, Villanelle os deixa a sós. Circulando, com a taça de martíni na mão, ela logo se vê diante dos tubarões outra vez. E pouco depois, de Janie Chou.

— Vem comigo — diz Janie, a pele suave sob o brilho lunar do tanque. — Tem alguém querendo conhecer você.

— Quem?

— Vem. — A mão delicada dela pega a de Villanelle.

Em um reservado escuro, uma mulher está sentada sozinha, vendo mensagens no celular. É eurasiática, e quando levanta os olhos e dispensa Janie com um aceno casual, Villanelle vê que os olhos são verdes bem claros.

— Janie tinha razão — diz a mulher. — Você é bonita. Não quer se sentar?

Villanelle assente, inclinando a cabeça. Pela postura de autoridade da mulher, ela imagina que seja Alice Mao.

— Então. Você gosta da minha boate?

— É... divertida. Muitas coisas podem acontecer aqui.

— Pode acreditar, elas acontecem. — Os olhos verde-claros exibem um toque de divertimento. — Aceita um pouco de chá? Pela minha experiência, um martíni desses já é mais do que suficiente.

— Agradeço. Meu nome é Astrid, aliás.

— Combina com você. O meu, como você sabe, é Alice. Qual é sua profissão, Astrid?

— Previsões financeiras. Eu escrevo em um periódico para investidores.

Alice Mao franze o cenho.

— É mesmo?

— É. — Villanelle sustenta o olhar dela. — Escrevo.

— Já conheci muita gente de finanças, Astrid, e nenhuma delas se parece minimamente com você.

— E eu me pareço com o quê?

— Considerando nosso breve contato, eu diria que você se parece comigo.

Villanelle sorri, permitindo que a atenção fria de Alice inunde suas veias. Tem algo na aparência da outra mulher, na maneira como a linha firme das maçãs no rosto dela se transforma em uma curva suave no queixo, que a atiça. Villanelle sabe que esse tipo de emoção é perigoso, mas às vezes os segredos e a cautela quase selvagem com que ela precisa viver tornam-se insuportáveis.

Alice olha para o celular. Ela se levanta, e o vestido azul-marinho ondula com o mesmo brilho aquático dos tubarões.

— Venha comigo.

Ela conduz Villanelle até uma porta e um elevador. O barulho e a música se calam, a subida é vertiginosa, e Villanelle acompanha Alice para uma cobertura tão mal iluminada quanto a boate. A decoração conta com um biombo folheado a ouro e quadros de pintura contemporânea nas paredes, mas o espaço é dominado por um janelão dramático de vidro liso. Lá embaixo, o brilho da cidade se estende vagamente sob um manto de poluição.

— A prostituta da Ásia. Era assim que chamavam Shanghai. E ainda é verdade. Este apartamento, a boate, este prédio... Tudo pago com sexo. Chá? — Ela indica uma mesinha que fica embaixo de um foco de luz. — É Agulha de Prata, da província de Fuding. Acho que você vai gostar.

Villanelle toma um gole da infusão clara. O gosto é de fragrantes colinas chuvosas.

— Eu poderia deixá-la muito rica — diz Alice. — Tenho clientes que pagariam muito dinheiro para passar uma noite com você.

Villanelle olha para a noite. Ela sente o aroma da outra mulher, do cabelo dela.

— E você, Alice? Quanto você pagaria por mim? Aqui e agora?

Alice a encara, e seu sorriso não vacila.

— Cinquenta mil *kuai.*

— Cem mil — diz Villanelle.

Alice inclina a cabeça, pensativa, e então se vira para Villanelle. Olhos verdes fitam olhos cinzentos.

— Por cem mil *kuai* — diz ela, soltando o botão forrado de seda na gola de Villanelle —, eu espero muito.

Villanelle faz um gesto afirmativo com a cabeça e permanece imóvel enquanto os dedos de Alice descem por seu *qipao*. Ela fecha os olhos, sente a seda cair de seus ombros e a lingerie ser removida. Nua, ela sente o chão ceder sob seus pés. Tenta falar o nome de Alice, mas o que sai é Anna, e quando tenta sussurrar "me come", o que ela acaba falando é "me mata".

Quatro dias depois, Eve Polastri e Simon Mortimer saem do ar condicionado fresco da área de desembarque do aeroporto de Pudong para o calor de trinta graus da fila de táxis. É meia-noite. A umidade que fede a cano de descarga os inunda como uma onda. Eve sente o couro cabeludo ficar molhado e o conjunto de blusa e jaqueta de algodão da H&M pender dos ombros.

Com sardas e cabelo rebelde, sem maquiagem no rosto, Eve sabe que não é o tipo de mulher que chama atenção. Desde que o avião pousou, há uma hora, a única pessoa que a olhou duas vezes foi o agente da alfândega chinesa que conferiu seu passaporte, talvez abalado pela intensidade discreta do olhar dela. Tanto ela quanto Simon parecem mais velhos do que são. Os outros passageiros do voo da British Airways, se é que chegaram a pensar qualquer coisa, imaginaram que fossem casados.

Simon olha para ela com afeto. Ela lembra um estorninho ou um tordo, um daqueles pássaros que rondam gramados, com olhos atentos e bicos pontudos. A plumagem dos caçadores letais do mundo da inteligência, assim como no reino animal, geralmente é sem graça.

Eve acha que sua própria aparência é bizarra.

— Você acha que eu poderia ser bonita? — perguntou ela à mãe, pouco antes de ir para Cambridge estudar criminologia e psicologia forense.

— Acho que você é muito esperta — respondeu a mãe.

Foi só Niko, o marido, um professor de matemática natural da Polônia, que disse que Eve era bonita.

— Seus olhos parecem o mar Báltico — disse ele, acariciando com o dedo a bochecha branca quase transparente dela. — Cor de petróleo.

— Você é um enrolador.

— Só quando quero transar.

— Enrolador *e* pervertido.

Ele deu de ombros.

— Não foi pelos seus dotes culinários que me casei com você.

Ela já está com saudade.

Depois de chamar um táxi, um Volkswagen Santana verde, Simon dá o endereço do hotel para o motorista.

— Eu não sabia que você falava mandarim — diz Eve.

Simon passa a mão pelo queixo áspero com barba por fazer.

— Fiz um ano de chinês na faculdade. Se esse cara começar uma conversa de verdade, vou me ferrar.

— Então ele sabe onde fica o Hotel Sea Bird?

— Acho que sim. Ele fez uma cara de que não foi preciso pensar muito.

— Veremos. A palavra que Richard Edwards usou para descrevê-lo foi "discreto".

A visita de Eve e Simon é absolutamente extraoficial, então ninguém da divisão de Shanghai do MI6 foi recebê-los. Na verdade, toda a situação deles é irregular. Desde que Edwards a recrutou para investigar o assassinato de Kedrin, uma atividade totalmente ilegítima, Eve não falou com nenhum de seus antigos colegas. Dia após dia, semana após semana, ela se limitou a ir ao escritório apertado e decadente em cima da estação da Goodge Street. Ali, com o dedicado Simon, ela analisou inúmeros arquivos confidenciais, olhando o computador até a cabeça doer e os olhos arderem de cansaço, em busca de qualquer coisa — um rumor, um detalhe, uma sombra de sugestão — que pudesse ajudá-la a chegar mais perto da mulher que matou Viktor Kedrin.

E não conseguiu nada. Já identificou algumas mortes de políticos e criminosos importantes que teriam tido participação de uma mulher e um punhado de casos que ela tem quase certeza de terem sido executados por uma assassina. Ela nem se lembra de quantas vezes já viu as imagens das câmeras no hotel de Kedrin em Londres, que mostram os movimentos da assassina. Mas as imagens são desfocadas e indefinidas, mesmo com o máximo de aprimoramento, e o rosto da mulher nunca aparece direito.

Quando não estava vasculhando o ciberespaço, Eve seguia as linhas de investigação do caso Kedrin no mundo real. Mas todas as pistas, por mais que parecessem promissoras no início, acabavam levando a uma barreira perfeitamente impermeável. Não há testemunha, material forense, balística proveitosa, dinheiro ou documento. A certa altura, o rastro some de vez.

Apesar da falta de progresso, Eve tem uma noção da mulher que está caçando, a quem ela às vezes se refere como *Chernaya Roza* — Rosa Negra —, em referência à munição ponta oca russa de nove milímetros usada para matar Kedrin e os guarda-costas dele. Eve acha que sua Rosa Negra tem vinte e poucos anos, é muito inteligente e vive sozinha. É audaciosa, funciona bem sob pressão e tem uma enorme capacidade de compartimentalizar as emoções. É muito provável que seja uma sociopata, totalmente desprovida de afeto e consciência. Deve ter poucos amigos, ou nenhum, e quaisquer relacionamentos que ela formar devem ser de natureza extremamente manipulativa e sexual. A morte, muito provavelmente, se tornou uma necessidade para ela, e cada homicídio bem-sucedido contribui para comprovar sua própria invencibilidade.

Fazia menos de vinte e quatro horas desde que Richard Edwards entrara sem avisar na sala em cima da estação de metrô.

— Ninguém faz faxina aqui? — indagou ele, com ligeiro desprazer.

— Simon faz. E, muito de vez em quando, eu. Sinto muito se não atende ao padrão de Vauxhall Cross. Encomendamos mais sacos de aspirador de pó.

— Bom, pelo menos um motivo para ter esperança. Enquanto isso... — Ele abriu a valise aos seus pés e pegou dois passaportes bastante usados e um maço de passagens aéreas e quadros de horários. — Vocês vão para a China. Hoje à noite. Alguém eliminou o líder da equipe de guerra cibernética deles em Shanghai, e acredita-se que a execução tenha sido obra de uma mulher.

Ele levou menos de cinco minutos para passar todas as informações sobre o falecimento do tenente-coronel Zhang Lei.

— Sua missão é entrar em contato discretamente com o SME, o Ministério de Segurança do Estado da China, e transmitir minha garantia de que o assassinato de Zhang não foi patrocinado, facilitado ou realizado por nós. Além disso, vocês vão auxiliá-los no que eles precisarem na investigação do crime, inclusive comunicando nossa desconfiança a respeito de uma assassina de aluguel.

— Eu tenho algum contato no SME?

— Tem. O nome dele é Jin Qiang. Eu o conheci em Moscou, quando ele era o chefe da seção chinesa lá, e ele é gente boa. Desde então, nós mantivemos certos contatos extraoficiais. Ele sabe da sua ida.

— Ele não vai achar estranho ter que lidar comigo, em vez de um dos agentes da nossa seção lá, que supostamente já estão trabalhando no caso?

— Ele vai entender que há questões delicadas, motivos para que vocês não possam ir em caráter oficial.

— Então não devemos entrar em contato com a seção do MI6?

Edwards se levantou, foi até a janela e olhou para o trânsito do outro lado da imundície.

— Por segurança, temos que supor que a conspiração para cobrir os rastros dessa mulher tem alcance global. Se ela está matando pessoas em Shanghai, eles devem ter gente lá. Talvez gente nossa. Então vocês precisam evitá-los. Não podemos confiar em ninguém.

— O que eu posso contar ao cara do SME?

— Jin Qiang? No que diz respeito à nossa assassina, vocês não perdem nada se contarem tudo o que souberem. — Ele terminou o café e jogou o copo de papel na lixeira. — Nós precisamos capturá-la, e ele precisa capturá-la.

A porta se abriu.

— Quer saber, tenho certeza de que a estação da Goodge Street é um portal para o inferno — disse Simon, tirando a bolsa do laptop do ombro e apoiando-a na mesa. — Acabei de passar por um momento Buffy... — Ele se calou. — Ah, oi, Richard.

— Oi, Simon. Bom dia.

— Nós vamos para Shanghai — disse Eve, tentando imaginar que explicação daria a Niko.

* * *

— Veja só — diz Simon, abaixando o vidro do táxi e enchendo o carro com o calor da noite. — É incrível.

E é mesmo. Eles estão se aproximando da ponte Nanpu, com imensos edifícios comerciais dos dois lados da rua, e as incontáveis janelas são pontos de ouro incrustados no roxo-escuro da noite. E de repente o cansaço de Eve se dissipa, e ela fica fascinada por todo aquele deslumbramento. É tudo dinheiro e lucro. Dá para ver nos prédios enormes, dá para sentir no cheiro dos motores a diesel e no sabor do ar noturno. A voracidade. Os altos riscos e os gigantescos retornos. A percepção irrestrita de que mais é mais.

É uma impressão que se confirma quando eles atravessam a ponte. Abaixo, barcos decorados com lâmpadas minúsculas navegam na superfície escura do rio. À direita deles, em meio a um esplendor luminoso, o Bund os aguarda.

— Como você está? — pergunta Eve.

Ele inclina o corpo para a frente, com o paletó leve de linho dobrado no colo.

— Não sei. As coisas ficaram muito estranhas ultimamente.

— Ela está por aí — murmura Eve. — Nossa Rosa Negra.

— Não temos certeza de que foi ela que matou o hacker.

— Ah, foi ela, sim.

— Digamos que tenha sido. Por que ela continuaria aqui?

— Você não consegue imaginar?

— Não. Para ser sincero, não consigo.

— Por minha causa, Simon. Ela está me esperando.

— Agora você está até começando a parecer maluca. Deve ser o jet lag.

— Espere só.

Ele fecha os olhos. Cinco minutos depois, os dois chegam ao hotel.

É só quando já está dentro do quarto, um espaço funcional de paredes bege decoradas com um único calendário velho, que ela se permite pensar em Niko. O telefonema depois que Edwards saiu do escritório foi horrível. Deveria ter sido relativamente fácil inventar uma desculpa, mas ela não conseguiu mentir, então falou só que precisaria viajar por alguns dias. Niko ouviu, respondeu "Entendi" e desligou. Ele não faz a menor ideia de onde ela está, nem de quando volta para casa. Eve olha pela janela. Há uma rua e, do outro lado, o brilho escuro da água. Uma aglomeração de casas flutuantes exibe luzes fracas.

Ela ama Niko e sabe que ele ficou muito magoado, o que é especialmente agoniante, porque, apesar de toda a sabedoria e experiência do marido, ela não consegue deixar de se considerar sua protetora. Ela o está protegendo da verdade sobre si mesma, do lado dela que Niko sabe que existe, mas que prefere não admitir. O lado que é completamente consumido pela mulher que está caçando e pelo mundo sinistro e distorcido pelo qual ela transita.

— Eles estão hospedados no Hotel Sea Bird, na beira do rio Suzhou — diz Konstantin. — Chegaram ontem à noite.

Villanelle faz um gesto afirmativo com a cabeça. Os dois estão sentados no apartamento do décimo andar, na Concessão Francesa. Na mesa entre eles, há uma garrafa de água mineral Tibet Glacier, dois copos e um maço de Kosmos.

— O que significa que não estão aqui em caráter oficial — continua Konstantin. — O Sea Bird é uma espelunca para os padrões de Shanghai.

Villanelle contempla a luminosidade difusa do céu.

— Então por que você acha que eles vieram?

— Nós dois sabemos por que eles vieram. A tal da Polastri andou fazendo perguntas em Londres depois da morte de Kedrin, conforme lhe falei na época. Se ela está aqui, é porque fez as associações certas.

— O que significa que ela é inteligente. Ou sortuda. E que eu preciso dar uma boa olhada nela.

— Não. Isso seria imprudente. Tenho certeza de que Polastri não faz a menor ideia da situação verdadeira, mas isso não quer dizer que ela não seja perigosa. Deixe-a comigo e volte a Paris. Precisamos encerrar esta operação. O hacker morreu, e você tem que sumir.

— Não posso.

A expressão no rosto dele endurece.

— Não é assim que eu quero que seja nossa relação, Villanelle. Não quero ter que negociar cada decisão.

— Eu sei. Você quer que eu seja sua boneca assassina. Você dá corda, me aponta na direção do alvo, bangue-bangue, e de volta para a caixa. — Ela o encara nos olhos. — Sinto muito, mas não é assim que eu atuo hoje em dia.

— Entendi. E como exatamente você atua?

— Como um ser humano dotado de pensamentos e emoções.

Ele vira o rosto.

— Por favor, Villanelle, não venha me falar de emoções. Você é melhor que isso. *Nós* somos melhores que isso.

— Somos?

— Somos. Vemos o mundo pelo que ele é, um lugar onde só existe uma lei: sobrevivência. Você sobrevive com muito conforto, não é?

— Talvez.

— E por que será? Porque, tirando alguns incidentes insensatos, você obedeceu às regras. O que foi que eu falei em Londres?

Ela desvia os olhos, irritada.

— Que eu nunca estou em completa segurança. E que eu não deveria confiar totalmente em ninguém.

— Exatamente. Lembre-se disso, e vai ficar tudo bem. Esqueça, e aí fodeu. — Ele faz menção de pegar os cigarros. — Esqueça, e fodeu para todos nós.

Villanelle franze o cenho, vai até a sacada e abre a porta de vidro. O ar úmido preenche a sala.

— Preocupada com a saúde? — pergunta Konstantin, acendendo um Kosmos. — Imaginei que uma bala na nuca fosse um perigo mais urgente.

Ela olha para ele. O cheiro pungente de tabaco lhe lembra os primeiros dias de sua relação. Na Rússia, ele devia fumar pelo menos um maço por dia.

— Então quem vai atirar em mim? Eve Polastri? Duvido.

— Acredite, Villanelle, o pessoal dela mataria você sem pensar duas vezes. É só Polastri falar com Edwards, e o MI6 manda uma equipe do Esquadrão E. E é por isso que você precisa sair, *agora*. Shanghai é um lugar grande para quem é chinês nativo, mas é muito pequeno para quem não é. Você pode esbarrar nela a qualquer momento.

— Não vou, fique tranquilo. Mas sei de um jeito de chegar até ela. E talvez de descobrir o que ela sabe.

— Sério? — Ele exala a fumaça do cigarro, que é carregada pela brisa quente. — E poderia fazer a gentileza de me dizer qual é?

Ela diz, e ele fica bastante tempo em silêncio.

— É perigoso demais — responde, enfim. — Variáveis demais. Talvez acabássemos chamando exatamente o tipo errado de atenção.

— Você certa vez me disse que esse tipo de operação era sua especialidade. — Ela o encara, com uma expressão especulativa. — Medo, sexo e dinheiro, você disse. Os três grandes persuasores.

— É perigoso demais — repete ele.

Villanelle desvia o olhar.

— Talvez nunca tenhamos outra chance. Não podemos deixar passar.

Ele se levanta. Sai para a sacada. Termina o cigarro, sem pressa, e joga a guimba para o nada.

— Se formos em frente — diz ele —, você fica escondida. Eu ajo. Combinado?

Ela sorri, uma expressão determinada no rosto.

* * *

— Merda — diz Eve, olhando o celular. — Mau começo.

— O que foi? — pergunta Simon.

Ela se senta na cama desarrumada do hotel. O quarto é pequeno, com móveis desgastados de bambu e uma vista distante do rio. Dá para ver calcinhas na mala aberta de Eve, e ela deseja que eles tivessem combinado de se encontrar no saguão.

— É Hurst. — Ela entrega o telefone. — A pista do cartão de crédito de Fanin não deu em nada.

O inspetor-chefe Gary Hurst é o chefe da investigação no caso de Viktor Kedrin. Ele estava seguindo uma ponta solta que, quem sabe, poderia indicar um erro por parte das pessoas que orquestraram o assassinato de Kedrin. Parece que Julia Fanin informou à polícia o roubo do cartão usado por Lucy Drake no check-in do hotel, mas não ao banco. Consequentemente, o registro no hotel passou sem contratempos.

Hurst ficou intrigado com essa discrepância, especialmente considerando que Fanin insistia que tinha ligado para o setor de Perdas e Roubos do banco, uma declaração confirmada pelo histórico de ligações do celular dela. A questão é que o serviço de atendimento a cartão de crédito do banco é realizado por um *call center* terceirizado, com sede perto de Swindon, no sudoeste da Inglaterra, e a investigação de Hurst concluiu que um dos funcionários da empresa desbloqueou o cartão depois que ele foi declarado perdido, de modo que ainda pudesse ser usado. Em seguida, foram gastos milhares de libras em roupas, voos e hospedagem em hotéis ao longo de duas semanas, e depois disso as compras pararam de repente. E foi aí que a investigação empacou. A mensagem de texto de Hurst é:

Peneirando 90+ funcionários que podem ter atendido a ligação de JF. Mas arquivos relevantes deletados, então sem confiança de dar resultado.

— E mesmo se, por um milagre, ele conseguir algum resultado, é fato que a gente só acabaria em mais um beco sem saída — diz Simon, devolvendo o celular.

Ela o guarda na bolsa.

— Vamos ver Jin Qiang. O táxi deve estar esperando lá embaixo.

Inaugurado em 2009, o Hotel Peninsula, o primeiro edifício novo no Bund em setenta anos, é grandioso a ponto de intimidar. O saguão tem colunas art déco, um poema sinfônico em marfim e ouro antigo. Os tapetes são colossais, e as conversas, abafadas. Funcionários de uniforme branco se deslocam rápida e discretamente entre a imensa recepção e os elevadores quase silenciosos.

No catálogo do site, a descrição do vestido tubinho verde-menta de Eve era "chique, fresco, perfeito para o trabalho", mas ao ver seu reflexo no espelho do elevador, ela fica com a sensação de que vai passar a impressão errada. O vestido não tem manga, e ela se cortou ao se depilar — a axila ainda está ardendo bastante —, então precisa dar um jeito de fazer uma reunião crucial com uma autoridade do Ministério de Segurança do Estado da China sem levantar o braço direito.

Jin Qiang está sozinho na suíte. O lugar é amplo, com iluminação suave e uma decoração placidamente luxuosa. Cortinas azul-celeste emolduram a vista do rio e, mais ao longe, dos arranha-céus de Pudong.

— Sra. Polastri, sr. Mortimer. É um grande prazer.

— Obrigada por nos receber — diz Eve, conforme ela e Simon se acomodam em poltronas com estofamento de seda.

— Tenho lembranças muito felizes de Richard Edwards. Espero que ele esteja bem, sim?

Os dois lados passam alguns minutos trocando gentilezas. Jin é um sujeito calmo e usa um terno cinza-pombo. Ele fala inglês com um ligeiro sotaque americano. De vez em quando, seu rosto exibe um toque de melancolia refinada, como se ele estivesse consternado pelas vicissitudes do comportamento humano.

— O assassinato de Zhang Lei — começa Eve.

— Sim, realmente.

Ele junta a ponta de seus dedos compridos e bem cuidados.

— Gostaríamos de transmitir nossa garantia de que essa ação não foi patrocinada, executada ou facilitada de modo algum por agentes do governo britânico — diz Eve. — Já tivemos nossas diferenças com seu ministro, especialmente no que se refere às atividades dos indivíduos que se identificam como Dragão Branco, uma unidade que temos motivos para acreditar que faça parte das Forças Armadas da China. Mas não é esse o método que adotaríamos para sanar essas diferenças.

Jin sorri.

— Sra. Polastri, a senhora se engana se pensa que o grupo Dragão Branco faz parte do Exército da Libertação Popular da China. Eles e outros como eles são apenas arruaceiros, atuando sem ligação com ninguém.

Eve faz um gesto diplomático com a cabeça. Sabe que essa é a mensagem oficial sobre todos os ciberataques realizados a partir da China.

— Estamos aqui em Shanghai para auxiliar no que for possível — diz Simon. — Especialmente em relação à pessoa que assassinou o tenente-coronel Zhang.

— Sinto muito, mas o nome dele era apenas sr. Zhang.

— Claro. Peço desculpas. Fomos informados de que Richard Edwards lhe comunicou nossas suspeitas referentes a uma assassina.

— Ele comunicou. E estou ciente das circunstâncias da morte de Viktor Kedrin.

Eve inclina o corpo para a frente na poltrona.

— Vou direto à questão. Acreditamos que a mulher que matou Kedrin também tenha matado Zhang Lei. Acreditamos que ela não esteja atuando sozinha, e sim em nome de uma organização de alcance e poder consideráveis.

— Isso é realmente ir direto à questão, sra. Polastri. Posso perguntar o que Zhang Lei e Viktor Kedrin tinham em comum para que ambos precisassem ser... *eliminados* por essa organização?

— Neste momento, é difícil determinar. Mas eu gostaria de reforçar que nem nós nem nossos colegas americanos tivemos participação alguma na morte de Zhang Lei. Nem na de Viktor Kedrin.

Jin cruza as mãos no colo.

— Aceitarei sua garantia.

Eve se lembra de repente do corte debaixo do braço. Por um instante de pavor, ela se pergunta se deixou uma mancha de sangue no estofado de seda da poltrona.

— Posso ser sincera? — pergunta ela.

— Por favor.

— A opinião de Richard Edwards, que também é a nossa, é de que uma organização secreta, ainda não identificada, está cometendo esses homicídios. Não sabemos qual é o propósito ou a motivação deles. Não sabemos quem são, nem quantos. Mas desconfiamos que eles tenham gente infiltrada em nossa própria organização e também no MI5, onde eu trabalhava antes. E é quase certo que eles têm gente também em outros serviços de inteligência.

Jin franze o cenho.

— Não sei como posso ajudá-los.

Eve sente como se a reunião estivesse lhe escapando pelos dedos.

— Na atual conjuntura, o único jeito de avançar é seguir o dinheiro. O senhor sabe ou desconfia que alguém dos serviços de segurança do Ocidente esteja sendo pago por uma organização como essa que eu descrevi?

O silêncio a envolve em um turbilhão nauseante. Ela sente o espanto de Simon diante da impertinência da pergunta.

Jin mantém uma expressão impassível.

— Acho que devemos pedir um pouco de chá — sugere ele.

— Você viu meu cardigã preto? — pergunta Villanelle. — O Annabel Lee, com botões de pérola?

Em resposta, Alice Mao geme. Ela está deitada na cama, de frente para um rapaz de rosto escultural e corpo malhado que reluz feito teca envernizada. Os dois estão pelados. Debaixo do lençol de seda, a mão do homem se movimenta de forma ritmada entre as pernas de Alice. São duas e meia da tarde.

— Tenho certeza de que deixei em algum lugar por aqui — murmura Villanelle.

Exasperada, Alice fica de bruços.

— Por favor. Não quer vir para a cama?

— Tenho que fazer compras.

— *Agora*?

Villanelle encolhe os ombros.

— Ken é muito requisitado, sabia? — diz Alice. — Ele está fazendo um favor enorme para a gente, atendendo assim sem hora marcada.

Villanelle conhece a história de Ken, porque Alice já contou. Ele estudava na Universidade de Hong Kong e estava terminando uma dissertação de mestrado sobre os últimos poemas de Sylvia Plath, quando foi descoberto por um caçador de talentos na sauna de um hotel. E se tornou Ken Hung, o ator pornô mais famoso da China.

Como se quisesse aproveitar a deixa, Ken afasta o lençol.

— Moças, está de pé!

Alice fica sem ar.

— Minha nossa, é igualzinho aos filmes. Maior, até. Querida, pelo menos venha fazer um carinho.

— Sinto muito, mas não quero chegar nem perto desse negócio. Só quero meu cardigã preto. — Villanelle franze o cenho. — Vocês por acaso conhecem algum lugar onde eu possa comprar artigos de cozinha?

— Você pode tentar o Putua Parlour, na Changhua Lu — diz Ken, admirando com complacência o pênis mais famoso da China. — Eu compro tudo de cozinha lá. Sou *muito* fã da Nigella.

Uma hora depois, Villanelle está caminhando por um dos muitos corredores do Putua Parlour, reparando na posição das câmeras de segurança. É uma loja de departamentos especializada em produtos para restaurantes e oferece todo tipo de eletrodoméstico e recipiente imaginável. São prateleiras e mais prateleiras carregadas com caldeirões, frigideiras, panelas, caçarolas, travessas e assadeiras reluzentes. Há também pratos de bolo decorados, moldes de gelatina fantásticos e toda uma seção de panelas *wok*. *Woks* minúsculas para fritar camarões individuais e *woks* do tamanho de banheiras com espaço para cozinhar um boi inteiro.

A loja tem só um punhado de fregueses. Um casal jovem está discutindo em voz baixa sobre espetos para *kebab*, um homem com cara de estressado está colocando cestos de *dim sum* no carrinho, e uma senhora de idade está resmungando sozinha enquanto escolhe boleadores de melão.

No último corredor, Villanelle encontra o que está procurando. Cutelos. Cutelos de lâmina fina para fatiar e picar, cutelos grandes e pesados para cortar e desmembrar. Os olhos dela pousam em um *chukabocho*, um tipo de cutelo chinês, com lâmina de aço-carbono de setecentos gramas e cabo de bordo. Gosta da sensação de segurá-lo. Dois minutos depois, ela está no caixa, pagando por uma dúzia de taças de drinque e alguns conjuntos de guarda-chuva de papel. De alguma forma, fora do campo de visão das câmeras de segurança, o *chukabocho* foi parar no fundo de sua bolsa.

— Tudo bem, eu admito — diz Eve. — Estou nervosa.

— Você já teve encontros antes, né?

— Isso não é um encontro. É uma reunião com o chefe do serviço secreto chinês.

— Se você diz. Eu acho que ele gosta de você.

— Simon, por favor. Você não está ajudando. Estou muito incomodada neste vestido. E nestes sapatos. Mal dá para andar.

— Você está uma gracinha. Quando é que vai encontrá-lo?

— Ele vai me buscar lá embaixo daqui a dez minutos. Quais são os seus planos?

— Pensei em dar uma caminhada pelo Bund. — Ele dá de ombros. — Talvez sair para tomar alguma coisa.

— Bom, comporte-se. Vou esperar lá embaixo.

— Divirta-se.

Eve lança um olhar sardônico para ele e, cambaleando um pouco no vestido Lilian Zhang novo e no salto agulha Mary Ching — a perspectiva da prestação de contas dispara calafrios pelo corpo dela —, dá uma última conferida no espelho. Ela é obrigada a admitir que está muito bonita. A cabeleireira do hotel até fez uma mágica em seu cabelo rebelde e criou algo próximo de um coque francês.

— Você não acha que a maquiagem está pesada demais?

— Não! *Vai logo.*

O convite foi uma surpresa, no mínimo. A reunião na suíte do Peninsula tinha ficado mais ou menos estagnada depois que Eve interrogou Jin Qiang. Espiões, mesmo entre si, são bastante avessos a admitir que participam ativamente de espionagem. Depois de mais uma hora de conversa sobre o assassinato de Zhang Lei, durante a qual ela entregou um dossiê preparado sobre a investigação do caso Kedrin, Jin interrompeu a reunião e conduziu Eve e Simon de volta para o saguão do hotel.

Ali, em meio à imponência art déco, os mesmos empresários ainda pareciam seguir as mesmas conversas em voz baixa. Quando eles trocaram um aperto de mãos entre as colunas do pórtico, Jin hesitou.

— Sra. Polastri, eu gostaria muito de lhe mostrar um pouco de Shanghai. Você por acaso tem algum compromisso hoje à noite?

— Não — disse ela, surpresa.

— Excelente. Vou passar para buscá-la no seu hotel, às oito horas.

Ela abriu a boca para agradecer, mas ele já estava se afastando silenciosamente, quase deslizando.

Ele chega às oito em ponto. Está dirigindo uma scooter, com terno preto impecável e camisa branca sem gravata, e parece muito diferente do agente de inteligência cauteloso que Eve conheceu horas antes.

— Sra. Polastri, você está... espetacular.

Com um sorriso cortês, ele lhe entrega um pequeno buquê de violetas frescas, amarrado com uma fita de seda.

Eve está encantada e, ao pensar em Niko dando aula de matemática para uma turma de adolescentes entediados a meio mundo de distância, sente uma pontada de culpa. Ela agradece a Jin, envolve as violetas úmidas com um lenço e guarda na bolsa.

— Pronta? — pergunta ele, dando-lhe um capacete.

— Pronta. — Ela se senta de lado na scooter, do jeito que viu as mulheres de Shanghai fazerem.

Eles saem para o trânsito e entram na rua Nanjing East. A via, uma das mais movimentadas de Shanghai, está engarrafada e mergulhada em fumaça de escapamento. Jin manobra a scooter com habilidade por entre os veículos lentos e para em um sinal vermelho.

Enquanto espera, sentindo a scooter trepidar debaixo de si, Eve repara em uma figura deslumbrante andando na calçada em sua direção. Uma mulher jovem, elegante e esbelta, vestida de jeans e um cardigã preto com botões de pérola. Cabelo louro-escuro liso penteado para trás e um rosto belo e bem delineado. Um desvio sutil e sensual na boca.

Eve fica olhando para ela por um tempo. Já viu aquele rosto antes, ou será que é só déjà-vu? Como se pressentisse o olhar, a mulher vira o rosto na direção dela. É bonita, a beleza de uma ave de rapina, mas Eve nunca viu uma expressão de indiferença tão desumana. Quando o sinal abre e a scooter avança, a temperatura parece ter baixado um ou dois graus.

Cinco minutos depois, eles chegam a um cruzamento, na frente de um imponente prédio art déco, com uma torre de neon em cascata no topo. Luzes coloridas sobem e descem pela fachada retrô. Acima do pórtico, a palavra "Paramount" reluz sob o entardecer.

— Gosta de dançar?

— Eu... gosto — responde Eve. — É, gosto, sim.

— O Paramount é um ponto de referência famoso dos anos 1930. Era aqui que todo mundo vinha dançar. Gângsteres, a alta sociedade, mulheres bonitas...

Ela sorri.

— Pelo jeito, você gostaria que aqueles tempos voltassem.

Ele trava a scooter.

— Foi uma época interessante. Mas esta atual também é. Vamos.

Ela o acompanha para uma entrada decorada com fotografias em sépia, e dali eles seguem para um elevador pequeno que os leva vagarosamente até o quarto andar. A pista de dança parece uma caixa de música forrada de ouro e veludo vermelho. No palco, uma cantora de meia-idade vestida com um longo apresenta uma versão rouquejante de "Bye Bye Blackbird", enquanto mais ou menos uma dúzia de casais dança seriamente pela pista rebaixada.

Jin conduz Eve até uma mesa lateral e pede coca-cola para os dois.

— Trabalho primeiro? — pergunta ele.

— Trabalho primeiro — concorda ela, tomando um gole da bebida doce. Um casal passa deslizando, sem falar nada.

— O que eu disser você não repete para ninguém, sim?

Ela balança a cabeça.

— Esta conversa nunca aconteceu. Nós falamos sobre dança e sobre a vida noturna na velha Shanghai.

Ele se aproxima e inclina a cabeça para ela.

— Nosso falecido amigo, como você sabe, foi morto em um estabelecimento na Cidade Velha. Ele tinha fetiche de cirurgia. Era masoquista. Nós sabíamos. Ele frequentava este lugar mais ou menos a cada seis semanas e pagava a uma profissional do sexo para simular... procedimentos médicos diversos. Essas atividades eram discretas; os colegas dele não faziam a menor ideia.

— Mas não eram discretas o bastante para passarem despercebidas pelo seu departamento, claro.

— Claro.

Eve percebe que Jin, na prática, está admitindo que Zhang Lei trabalhava para o governo.

— Então estamos lidando com gente capaz de realizar uma operação de vigilância vasta e prolongada... — Ela hesita. — Ou que tenha acesso a informações adquiridas pelo seu departamento.

Jin franze o cenho.

— Com certeza a primeira hipótese. A segunda é quase impossível.

Eve assente com um gesto lento de cabeça.

— Seja como for, é uma organização sofisticada, com longo alcance.

— Sim. E não creio que tenham sido os ingleses, nem os americanos. As consequências econômicas de uma descoberta seriam...

— Catastróficas? — sugere Eve.

— Sim. Isso mesmo.

— Então você tem alguma ideia de quem mais poderia ser responsável?

— Agora, não muito, mas não devemos descartar uma relação com a Rússia, especialmente se, como você sugere, a mesma organização foi responsável pela morte de Viktor Kedrin. Então estamos nos esforçando bastante para descobrir mais sobre a mulher que eles mandaram. Sabemos que ela entrou pela escada dos fundos, incapacitou a profissional do sexo, que usa o nome Enfermeira Wu e não se lembra de nada além do fato de que foi atacada por uma mulher, e então eliminou nosso amigo mediante intoxicação com monóxido de carbono.

— Vocês têm certeza de que essa foi a causa da morte? Não poderia ter sido um acidente cometido por essa tal enfermeira? Afinal, ela provavelmente não tinha treinamento para utilizar gás medicinal nem nada do tipo.

— O único gás que ela dava a seus "pacientes" era oxigênio puro. Testamos todos os cilindros de lá. E, por acaso, além de trabalhar em meio período como profissional do sexo, ela também é enfermeira formada e trabalha em uma clínica particular de Pudong. Então ela sabia o que estava fazendo. E os sintomas de intoxicação por monóxido de carbono são inconfundíveis.

— Lábios e pele rosados?

— Exatamente. O patologista não teve dúvida.

— Mas nenhum sinal de cilindro ou garrafa de co?

— Não, a assassina levou embora.

— E por que essa tal Wu tem tanta certeza de que foi atacada por uma mulher?

— Ela se lembra de sentir a pressão de seios nas costas quando foi agarrada. E disse que a mão que cobriu sua boca era forte, mas não era de homem.

— Ela tem certeza disso?

— Bastante. E um homem que possui uma barraca de comida na rua Dangfeng, de frente para a saída da escada dos fundos, sabe o que é aquele edifício e que só homens saem por aquela porta. Então, quando viu uma mulher, não esqueceu.

— Ele se lembra da aparência dela?

— Não, ele disse que acha que todos os ocidentais se parecem. Só se lembra de um boné. New York Yankees.

— Nossa assassina sabe muito bem ser invisível. O material sobre a morte de Kedrin serviu de alguma coisa?

— Bastante. Minha agência está muito grata, sra. Polastri. Mostramos as imagens da mulher no hotel para pessoas que trabalham na rua Dangfeng, e algumas disseram que talvez ela tenha estado lá naquele dia.

— Mas ninguém teve certeza?

— Não. Infelizmente.

— A qualidade das imagens é muito baixa. E não dá para ver o rosto dela. Então não me surpreende.

— Mesmo assim, estamos gratos. E, claro, estamos comparando com vistos e vigiando todos os pontos de entrada do país. Estamos conversando com pessoas em todos os hotéis, boates e restaurantes que estrangeiros costumam frequentar.

— Tenho certeza de que vocês estão fazendo todo o possível.

— Estamos. — Jin sorri. — E agora gostaria de dançar?

No Star Bar, com um martíni de pitaya na mão, Simon se encaminha para um dos poucos bancos livres, que parece ser estofado com couro de zebra. Alto-falantes ocultos tocam “Boss Ass Bitch”, da Nicki Minaj, e o lugar está enchendo rápido. Simon veste jeans da Diesel e um paletó de algodão, e o guia da Lonely Planet que ele usou para escolher o bar (“um botequim popular entre expatriados com dinheiro”) faz peso em seu bolso direito.

Ele jamais admitiria para Eve, e é óbvio que ela é a chefe e que o território ali é de Jin Qiang, mas ele não está muito feliz por ela ter saído para curtir a noite com Jin. De qualquer forma, ela vai contar tudo o que eles conversaram assim que voltar, mas teria sido legal se ela tivesse pelo menos *sugerido* que ele fosse junto. Simon gosta muito de Eve, de um jeito exasperado, meio protetor (a noção de moda dela, *nossa*!), e definitivamente não é um daqueles revoltados patéticos que não conseguem lidar com uma chefe mulher, mas ela às vezes consegue ser bem insensível, apesar do intelecto indiscutivelmente potente.

Deixando-se cair na cadeira zebrada com uma despretensão fingida, Simon toma um gole demorado da bebida. A decoração no Star Bar é escandalosa, até para Shanghai. As paredes verde-esmeralda de couro de arraia são decoradas com quadros subpornográficos, a lareira é de mármore preto, um enorme lustre no estilo Fortuny brilha no teto. O efeito geral é absurdo, provocante, vagamente satânico.

O martíni tem uma potência vulcânica e acaricia as papilas gustativas de Simon com notas superficiais açucaradas, antes de encharcar seu cerebelo com gim gelado Berry Bros No. 3. Com os olhos semicerrados, ele se sente envolto em sabor. Junípero, um toque de pomelo e aquela sugestiva doçura deliciosa da pitaya. *Puta merda*, pensa ele, com o cérebro inebriado de prazer. *Este é do bom.* À sua volta circula uma freguesia vestida com roupas caras. Amigos, colegas de trabalho, namorados... Por que é sempre, *sempre* assim? Todo mundo tranquilo, curtindo a vida endinheirada, enquanto ele fica do lado de fora, com o rosto colado na vitrine, invisível.

— Sozinho?

A princípio, Simon não dá atenção, achando que a pergunta não foi dirigida a ele. E então seus olhos focam o vulto esbelto de cabelos escuros. Ele contempla os maliciosos olhos enviesados, o sorriso sardento, os dentes perfeitos.

— É, acho que sim.

— Então você é novo aqui. Acho que lembraria se já tivesse te visto antes.

— Meu nome é Simon. Cheguei há uns dois dias.

Ele a observa, maravilhado com a saliência suave dos seios dela naquele top lilás, a barriga lisinha, o jeans *skinny* e os sapatos bonitos de tiras. Ela é, sem dúvida, a criatura mais bonita que ele já viu na vida.

— Oi — diz ela. — Eu sou Janie.

* * *

Jin Qiang é um dançarino excepcional. Ao som trepidante e fluido de "Moon River", ele valsa com destreza pela pista, segurando levemente a mão de Eve enquanto mantém a outra nas costas nuas dela, conduzindo-a. Apesar do preço que custaram, ela está feliz por ter comprado o vestido e os sapatos.

— Então você gostaria de ter vivido nos anos 1930? — pergunta Eve.

— Foi uma época de imensa desigualdade. Enormes dificuldades para muita gente.

— Eu sei. Mas também elegância... glamour.

— Você conhece o cinema chinês, sra. Polastri?

— Não, receio que não.

— Existe um filme que eu adoro, feito aqui, em Shanghai, na década de 1930, chamado *A deusa*. É um filme mudo. Muito triste. A atriz Ruan Lingyu, muito bonita e trágica, demonstra muita emoção com o rosto e os movimentos.

— Ela parece incrível.

— Ela se suicidou aos vinte e quatro anos. Era infeliz no amor.

— Minha nossa, que tragédia.

— É mesmo. Hoje em dia, acho que não tem muita gente em Shanghai que se mataria por amor. Estão ocupados demais ganhando dinheiro.

— Você parece um romântico, sr. Jin.

— Ainda existem alguns de nós. Mas atuamos em segredo.

— Como espiões? — sugere Eve.

Os dois sorriem, e "Moon River" termina de tocar. O neon azul-gelo brilha em torno do palco, e a cantora começa "Garota de Ipanema".

— Foxtrote — diz Jin. — Meu preferido.

— Desculpe por você ter que me aturar. Eu e meus dois pés esquerdos.

— Você tem dois pés esquerdos? Sério?

— É uma expressão. Significa que sou meio sem jeito.

— Isso é algo que eu jamais diria de você, sra. Polastri.

Meia hora depois, eles estão de novo na scooter, oscilando pelas ruas coloridas de neon. Eve está apreciando. Jin é um homem de muitos interesses, incluindo culinária *hunan*, cinema chinês antigo e música pós-punk. Sua banda preferida se chama Gang of Four.

— Com esse nome, como é que eu resisto? — diz ele.

Ao mesmo tempo, Eve reconhece que, apesar de toda a simpatia irônica na superfície, Jin Qiang possui certa frieza. Em uma situação complicada, esse homem faria uma escolha difícil, tomaria uma decisão pragmática.

Eles param na frente de um estabelecimento pouco chamativo, em uma rua secundária. Quando Jin abre a porta, o rosto deles é açoitado por rajadas de vapor oleoso. O lugar está lotado, e o barulho é ensurdecedor. Parece que todo mundo está gritando, e há um som constante de frigideiras e *woks* saindo da cozinha. Parada na porta, Eve é empurrada de forma grosseira por um freguês de saída. Jin segura seu braço e a leva até o balcão pequeno. Uma mulher miúda e muito idosa de avental engordurado aparece e lhes indica uma mesa com toalha de plástico. Ela encara Eve desconfiada e murmura para Jin em mandarim.

— Ela disse que sou muito safado — explica ele a Eve. — Acha que estou pegando você.

Ela dá risada.

— Você vai ter que me ajudar com o cardápio.

Ele observa as placas penduradas nas paredes.

— Que tal sapo-boi no vinho de arroz?

Eles acabam pedindo camarões apimentados no espeto, costelinha com cominho e, para beber, cerveja gelada. Está delicioso, uma das melhores comidas que Eve já experimentou.

— Obrigada — diz ela, quando não consegue mais comer. — Estava fantástico.

— Nada mau — concorda ele. — E é reservado.

Ela entende a que ele se refere. Com todo o barulho, seria impossível monitorar o áudio ali.

— Tenho algo para você — diz ele, colocando um envelope lacrado no colo dela por baixo da mesa.

Ela não se mexe nem fala nada.

— Estou colocando minha carreira em suas mãos, sra. Polastri. Se você estiver certa, se tivermos um inimigo em comum, essa organização que você mencionou, é melhor trabalharmos juntos. Mas duvido que Beijing concorde, então...

— Entendo — diz Eve, em voz baixa. — E obrigada. Não vamos decepcioná-lo.

Simon sabe, imediatamente. As mãos de Janie, talvez. Algo em suas linhas do rosto e da boca. Mas não tem importância. Ele já perdeu.

Ela diz que trabalha para uma agência de babás e que mora em um quarto e sala em Jingan, perto do Art Theatre. Enquanto eles conversam, ela o observa. Ninguém nunca olhou para ele desse jeito. Um olhar delicado, atento. Os olhos castanhos e amendoados fitam-no pacientemente.

Teve uma garota na faculdade, uma estudante de literatura inglesa que tocava em uma banda de uquelele. Ela e Simon dormiam juntos de vez em quando, mas ele nunca soube direito o que a mulher esperava, e com o tempo o relacionamento acabou se transformando em uma amizade, algo que os dois preferiam. Ele se indagou, vagamente, se era gay e, em nome da experimentação, permitiu-se ser seduzido por seu orientador, um medievalista com gosto por canto gregoriano e palmadas. Também não deu em nada, e Simon decidiu deixar toda essa questão de sexo de lado e se concentrar nos estudos. Ele acabou formado *summa cum laude*, tomado por uma sensação indefinida de carência. Por quem ou pelo quê, ele não sabia. Passou quase um ano morando na casa dos pais, celibatário e desempregado. Até que um dia, quase de brincadeira, um amigo mandou por e-mail o link da página de alistamento do MI5. Desde o primeiro dia, o mundo secreto pareceu seu lar.

Ele disse a Janie que está "aqui a trabalho", e parece que ela se contentou. Ela pergunta sobre seus gostos, filmes que ele tenha visto, videoclipes, boybands, celebridades, compras e moda. Em qualquer outra pessoa, essa visão de mundo colorida seria angustiante. Em Janie, é bonitinho.

Dois martínis de pitaya depois (Sprite para ela, que gracinha), eles estão dançando. As músicas são de pop comercial, e Janie acompanha as letras de cada uma. Simon não sabe dançar muito bem, mas a pista está tão cheia que não dá para fazer mais do que arrastar os pés e movimentar a cabeça. O ritmo fica mais lento, e ele coloca as mãos na cintura dela, sentindo o balanço suave, absorvendo o perfume das flores de jasmim presas no seu cabelo. Inebriado, ele a puxa para si, e ela apoia a cabeça em seu ombro. Pelo paletó, que ele não se arrisca a tirar para não ser roubado, sente a pressão firme dos seios dela. Com o coração aos pulos, ele toca os lábios nas mechas macias de cabelo na têmpora dela. Acha que Janie não vai perceber, mas percebe, e o rosto dela se inclina para o dele, lábios entreabertos.

Simon a beija, sente o toque adocicado da língua e é tomado por uma leveza tão intensa que acha que vai acabar desmaiando. Ela desliza a boca pela bochecha dele e mordisca o lóbulo de sua orelha com seus dentinhos felinos.

— Sabe que nem sempre eu fui menina? — sussurra ela.

Ele sabe. Consegue sentir o volume comprovador crescendo junto à sua coxa.

— Não tem problema, Janie — diz ele. — Sério, não tem problema.

No Hotel Sea Bird, Eve bate na porta de Simon, mas ele ainda não voltou. E ela espera que ele esteja se divertindo. Ele é um bom amigo e colega, mas definitivamente precisa relaxar.

Em seu quarto, ela pega o envelope que Jin lhe deu. Contém uma única folha de papel A4, que parece ser o registro impresso de uma transferência de valores entre dois bancos internacionais. Os bancos e os titulares das contas estão identificados apenas por códigos numéricos. A quantia em questão é de pouco mais de dezessete milhões de libras.

Eve olha para o papel por um instante, tentando conceber a relevância, e então volta a enfiá-lo no envelope e guarda tudo dentro da maleta. Ela sabe que Jin volta para Beijing amanhã. A investigação em torno do assassinato de Zhang Lei continuará, mas não há nada que ela possa fazer para ajudar. É hora de ela e Simon voltarem para Londres, falarem com Richard Edwards e investigarem a pista que Jin se arriscou tanto para dar. E ela precisa também, urgentemente, se acertar com Niko. Vai ser bom voltar para casa, mas uma parte dela sentirá saudade de Shanghai e de sua estranheza luxuosa, das confusões de aromas e cores. E ela tem que admitir que uma parte sua vai sentir saudade de Jin Qiang.

Na cama, ela repassa os acontecimentos da noite e especialmente a dança. A janela aberta deixa entrar uma brisa suave e também o odor sórdido do rio Suzhou. Ela demora algum tempo para pegar no sono.

Alternando-se entre os sonhos e a vigília, Simon experimenta uma paz que nunca imaginou possível. Ao seu lado, Janie se vira e levanta os braços acima da cabeça, preguiçosa.

— Promete que você gosta de mim? — murmura ela. — Não está me usando só para transar? Pá-pum e depois beijo, Janie, tchau-tchau?

A vontade dele é responder:

— Gostar de você? *Eu te amo*. Você é tudo que eu sempre quis. Eu largaria meu emprego, meu país, tudo que eu conheço e confio, para passar a vida com você.

Mas ele não diz nada, limitando-se a dar beijos leves na curva pálida do seio esquerdo dela. Janie o observa por um instante e então, com os cílios tremulando, aperta os mamilos entre os dedos, e os dois começam de novo.

Simon acorda algum tempo depois e, pelas pálpebras semicerradas, vê Janie, com seus quadris estreitos, andando pelada na ponta dos pés pelo cômodo, balançando o cabelo comprido em torno dos ombros. Quando ela o levou para ali, Simon ficou comovido pela modéstia do espaço. A cômoda e a penteadeira de baixa qualidade, as cortinas e a roupa de cama rosa-Barbie, o cartaz da Hello Kitty na parede. Agora ela está mexendo nas roupas dele, passando os dedos pelo paletó que ele pendurou na única cadeira. Uma mão esguia some e reaparece logo em seguida, segurando o celular dele. Ela o contempla com admiração por alguns segundos e volta a guardá-lo. O gesto comove Simon, que imagina que aquele objeto está bem fora do orçamento dela.

E então, com grande rapidez, ela se veste, botando calcinha branca, calça jeans e uma camiseta, e enfia os pés em um par de tênis. Quando ela vem andando na ponta dos pés até Simon, ele finge estar dormindo. Ela se inclina sobre ele por um instante e chega tão perto que ele consegue sentir sua respiração, e então se afasta sem fazer barulho. Simon abre os olhos e a vê enfiar a mão de novo no paletó, pegar o celular e sair às pressas do quarto.

Ele fica parado ali por um tempo, chocado demais para se mexer. E então se levanta de um salto e levanta a persiana de ratã. Capta um breve vislumbre de Janie embaixo de um poste de luz, andando rápido, e então ela some.

Simon se veste, cheio de medo, e desce correndo a escada estreita que dá na rua. Choveu enquanto eles estavam na cama, e o ar está carregado com o cheiro de rua molhada. Ele logo fica sem fôlego e com os pés doendo, e a camisa, grudenta de suor.

Mas ela está mais à frente, e ele se esforça para segui-la. Que porra é essa? *Que putaria é essa?* Será que ele acabou de cair de boca no golpe mais velho do mundo? Se Eve e Richard Edwards ficarem sabendo de *qualquer* parte da história, já era para ele. Fora a pura e embasbacante falta de profissionalismo, a humilhação seria fora de série. Capturado por um traveco de boate. Mulher-macho. Que trouxa de quinta categoria ele vai parecer.

Ele só tem uma chance. Se conseguir alcançá-la, se conseguir dar um jeito de recuperar o celular... Talvez, quem sabe, Janie seja exatamente o que diz ser. Talvez só não tenha resistido à oportunidade de roubar um celular estrangeiro de ponta para faturar uns trocados. *Por favor*, reza Simon, esquivando-se das pessoas na rua, arfando o ar pesado da noite, *por favor que seja isso. Que seja algo perdoável. Que eu consiga ficar com Janie.* Porque ele sabe que nunca mais vai viver nada próximo da felicidade irreal de quando eles estavam enroscados um no outro.

As ruas estão ficando mais estreitas e com menos gente. Em vez de postes de luz, há lâmpadas penduradas entre construções sem acabamento. Rostos indiferentes surgem sob toldos frouxos e o veem passar. Algumas barracas de comida ainda estão funcionando, algumas *woks* ainda chiam em cima de brasas acesas, e Simon diminui o passo para se desviar de uma mesa instável que sustenta uma bacia de plástico cheia de criaturas vivas se retorcendo.

Janie ainda está a quase quarenta metros de distância — nossa, como ela anda —, e agora eles estão em uma espécie de propriedade mais recente. Prédios residenciais com fachada de tijolos intercalados por uma série de vias sem iluminação. A área está quase deserta, e se Janie se virar, vai vê-lo.

Escondendo-se nas sombras, Simon olha o relógio. São quase duas da madrugada. A tentação de gritar o nome de Janie é agonizante, absurda. Mas ele precisa saber a verdade.

Na entrada de um dos prédios, ela aperta uma campainha. Depois de meio minuto, mais ou menos, um vulto aparece na luz fraca, e Simon percebe na hora que a situação é infinitamente pior do que ele imaginava. O homem não é chinês. Parece russo ou do Leste Europeu e tem toda pinta de agente de inteligência. Mesmo de longe, ele irradia uma autoridade impiedosa. *Fodeu*, diz Simon para si mesmo, quando Janie entrega ao sujeito o celular do MI6. *Estou total e completamente fodido.*

Arrasado demais para ficar com medo, ele se obriga a registrar cada detalhe da aparência do homem. Há uma conversa curta, e então ele e Janie somem de vista, juntos, para dentro do prédio. Depois de um minuto, Simon se aproxima cuidadosamente da entrada, em busca de um nome ou número. Parece não haver nenhum, mas ele tem certeza de que vai conseguir achar o lugar de novo.

Por um instante, ele considera contar para Eve apenas que perdeu o celular, que ele foi roubado e não falar nada de Janie. Mas ele sabe que não é de mentir. Ele vai contar tudo e pedir demissão, valendo desde já. Talvez ela aceite e o mande de volta para Londres, para o que sem dúvida será uma reunião extremamente desagradável com Richard Edwards. Talvez — e o coração dele se anima miseravelmente com a possibilidade — eles decidam mantê-lo na equipe. Mandá-lo de volta para Janie, a fim de descobrir quem é o chefe dela.

Ele está a cinquenta metros do prédio quando escuta alguém chamar seu nome.

Ele para, certo de que se enganou. Mas escuta de novo, uma voz baixa e nítida no ar quente e úmido. É Janie? Como poderia ser? Para ela, Simon ainda está dormindo no apartamento.

— Simon, aqui.

A voz está vindo da via escura à sua esquerda. Com o coração pulando, ele dá meia dúzia de passos hesitantes, percebe um movimento na escuridão e sente um toque incoerente de perfume francês no ar da noite.

— Quem é? — pergunta ele, a voz trêmula.

Tem a leve impressão de uma figura emergindo de repente das sombras, do arco amplo do *chukabocho*, e então a lâmina de aço-carbono atravessa seu pescoço com tanta força que quase decepa sua cabeça.

Ficando na ponta dos pés feito um toureiro, com olhar demoníaco, Villanelle se esquiva do jato negro de sangue que jorra do corpo desfalecido. Os membros de Simon tremem, um som gorgolejante emerge do pescoço dele, e enquanto ele morre Villanelle sente uma onda tão intensa, tão atordoante, que quase cai de joelhos. Ela se agacha por um instante, sentindo ondas correndo pelo corpo. E então, arrancando o *chukabocho* do cadáver e enfiando-o em uma sacola plástica de mercado, junto com as luvas cirúrgicas ensanguentadas, ela se afasta rapidamente.

Dez minutos depois, ela vê uma scooter Kymco surrada estacionada na frente de um prédio residencial. Ela desmonta a trava da ignição, faz ligação direta, e então sai dirigindo na direção norte, seguindo pelas ruas mais estreitas, até chegar a Nan Suzhou Lu, onde joga a sacola na correnteza escura do rio. A noite está bonita — o céu roxo, a cidade um dourado fraco —, e Villanelle se sente vibrante, elétrica, viva. Ela restaurou algo em si ao matar o espião inglês. A missão de Zhang Lei teve suas satisfações profissionais, mas o momento propriamente dito não produziu impacto. A eliminação de Simon Mortimer foi um retorno às origens. Uma morte violenta, artística. O *chukabocho*, pesado na mão, não era tão diferente do facão da Spetsnaz que seu pai a ensinara a usar quando ela era adolescente. O manuseio era difícil, de início, mas podia ser letal se empregado corretamente.

E a beleza de tudo é que ela não teve escolha. Konstantin tinha mandado Janie tomar cuidado para não ser seguida até o ponto de encontro e dopar o inglês, se necessário. Mas a putinha fez merda e, depois de ver Konstantin, Simon Mortimer não podia continuar vivo. Pelo menos é isso que ela vai dizer. É quase certo que o assassinato vai ser atribuído às Tríades, cuja arma tradicional é o cutelo. Polastri vai captar muito bem a mensagem, mas para todo o resto — a imprensa, a polícia —, Simon Mortimer vai ser só um turista que foi parar no lugar errado, na hora errada.

Villanelle está prestes a voltar para a Concessão Francesa, ao sul, quando pensa em algo. Em questão de minutos, a scooter para roncando na frente de um edifício vizinho ao Hotel Sea Bird. A única luz acesa no hotel é uma placa pequena de neon em cima da entrada. Villanelle sabe qual é o quarto de Eve; o pessoal de vigilância de Konstantin acompanhou as idas e vindas dela desde a noite em que Eve e Simon chegaram.

Em silêncio, Villanelle escala a lateral do hotel, segurando-se com facilidade, mesmo na escuridão quase completa, nos canos velhos e no gradeado de ferro das sacadas, e se esgueira pela janela aberta do terceiro andar.

Fica quase dois minutos agachada ali, imóvel. E então anda, sem fazer ruído, em direção à cama.

As roupas de Eve estão penduradas em uma cadeira, e Villanelle passa o dorso da mão levemente no vestido preto de seda e o ergue até o rosto. O cheiro, muito sutil, é de perfume, suor e fumaça de escapamento.

Eve está deitada com a boca ligeiramente aberta e um braço atravessado em cima do travesseiro. Ela usa uma camisola vermelho-sangue e, sem maquiagem, parece estranhamente vulnerável. Ajoelhada ao seu lado, Villanelle escuta o murmúrio da respiração dela, aspira o aroma morno. Reparando no vago tremor na boca de Eve, ela passa a língua em seu próprio lábio superior, que também começou a palpitar, muito levemente.

— Minha inimiga — murmura ela, em russo, tocando o cabelo de Eve. — *Moy vrag*.

Quase com um ar distraído, ela passa os olhos pelo quarto. Uma valise com trava de segredo está acorrentada na cama, e ela decide ignorá-la. Mas no criado-mudo repousa uma pulseira bonita com fecho de ouro, e isso Villanelle pega.

— Obrigada — murmura ela.

Lançando um último olhar para Eve, ela se esgueira silenciosamente para fora da janela. Enquanto está saindo, escuta a sirene distante de uma ambulância e os gritos de viaturas policiais. Mas Eve, por enquanto, nem se mexe.

Cinco semanas se passaram, e o céu cinzento de meio-dia acima da Estação de Pesquisa de Dever promete chuva. Situado em um terreno de vinte e quatro hectares perto do povoado de Bullington, em Hampshire, o antigo alojamento do Corpo de Logística parece, visto de fora, só um aglomerado de decadentes prédios de tijolo vermelho e barracas pré-fabricadas. A cerca com arame farpado e as placas de proibido fotografar dão um ar de hostilidade sinistra ao espaço.

Apesar da aparência de descaso, Dever é uma estação ativa, classificada como recurso confidencial do governo. Entre outras funções, ela serve de base para o Esquadrão E, uma unidade de Forças Especiais cujo trabalho é realizar operações passíveis de negação para o serviço secreto de inteligência.

Identificando-se na guarita, Richard Edwards estaciona a Mercedes Classe S de trinta anos de idade em uma vaga no asfalto rachado. Exceto por alguns guardas que estão fazendo uma ronda sem pressa pelo perímetro, o lugar parece deserto. Richard passa direto pelo edifício administrativo principal e entra em um prédio baixo sem janelas. Ele desce até o estande de tiro no subterrâneo, onde encontra Eve desmontando uma pistola Glock 19 sob o olhar atento de Calum Dennis, o armeiro da base.

— E aí, como vamos? — pergunta ele, quando Eve termina de organizar na esteira o ferrolho, a mola, o cano, a armação e o carregador.

— Estamos indo — diz Calum.

Eve olha fixamente para o estande.

— Posso tentar aquela última série de novo?

— Claro — diz Calum, entregando um par de protetores auriculares para Richard.

— Pronta — diz Eve, colocando seus próprios protetores.

Calum digita um conjunto de instruções em um laptop e, quando aperta a tecla "Enter", o estande fica todo escuro. Passam-se quinze segundos, e nesse tempo o único som é o murmúrio dos ventiladores e um estalo metálico de Eve montando a Glock. E então um alvo, um torso humano, é iluminado rapidamente do outro lado do estande, e ela dispara dois tiros, iluminando as trevas com a ponta do cano. Aparecem outros quatro alvos parados, e Eve dispara tiros duplos em cada um deles. O último alvo se desloca de um lado para outro, e ela atira rapidamente os cinco últimos cartuchos do carregador.

— Bom... — diz Calum, com um ligeiro sorriso, abaixando um binóculo. — Esse não foi um bom dia para ele.

Do lado de fora, uma hora depois, Eve está acompanhando Richard até o carro. A chuva cai em uma garoa fina, escurecendo o cabelo dela.

— Você não precisa fazer isso — diz ele. — Na verdade, eu devia tirá-la desta investigação. Colocá-la em algum cargo oficial no Serviço.

— Tarde demais, Richard. Aquela mulher matou Simon, e eu quero pegá-la.

— Não dá para saber. O boletim de ocorrência da polícia disse que é quase certo que tenha sido coisa das Tríades, e sabemos que aquela tal Janie Chou com quem ele se envolveu era ligada ao crime organizado.

— Richard, por favor, não me trate como se eu fosse uma idiota. As Tríades não retalham turistas. Eu sei que aquela escrota matou Simon, assim como sei que ela matou Kedrin e os outros. Eu vi o corpo dele, ela quase o decapitou.

Ele destrava a Mercedes. Fica parado por um instante, de cabeça baixa.

— Prometa uma coisa, Eve. Se você a encontrar, não vai nem chegar perto dela. Nem um pouco.

Ela vira o rosto, impassível.

— Essa arma que você insiste em carregar. Não pense que um punhado de exercícios razoáveis no estande serve de licença para se arriscar. Não serve.

— Richard, o motivo para eu ter passado os últimos dez dias aqui em Dever é que ela sabe quem eu sou. A morte de Simon foi uma mensagem, destinada a mim. Ela estava dizendo: eu posso acabar com você e com as pessoas à sua volta, *quando me der na porra da telha...* — Eve toca a Glock, agora guardada no coldre em seu ombro. — Já vi o que ela consegue fazer e preciso estar preparada, simples assim.

Ele balança a cabeça.

— Eu não devia ter envolvido você. Foi um erro sério.

— Bom, estou envolvida. E o único jeito de dar um fim nisso é se a encontrarmos e a matarmos. Então, por favor, me deixe resolver.

Ela sai andando de volta para o estande, e Richard a observa. Ele então entra na Mercedes, dá partida, liga os limpadores de para-brisa e começa a viagem de volta para Londres.

4

Villanelle acorda em um emaranhado quente de membros. Do outro lado da cama, Anne-Laure está deitada de bruços; seu cabelo é um turbilhão cor de mel, um dos braços bronzeados repousa no peito de Kim. Enquanto Anne-Laure é cheia de belas curvas, Kim exibe a elegância de um lince, até mesmo dormindo. Os traços dele são esbeltos e refinados, refletindo sua ascendência franco-vietnamita, e seus membros são da cor do marfim, com musculatura perfeitamente definida à luz da manhã.

Soltando-se, Villanelle vai até o banheiro e toma um banho. Ainda nua, ela vai para a cozinha minúscula, enche a cafeteira Bialetti com pó de café Sur la Côte d'Azur, da Hédiard, e liga o *cooktop*. No fundo da cozinha, uma porta deslizante de vidro dá em um terraço pequeno, e Villanelle sai por um instante. É setembro, e Paris está radiante no final do verão. O horizonte é uma bruma pálida, pombos arrulham em um telhado próximo, e o murmúrio sutil do trânsito se ergue da Rue de Vaugirard, seis andares abaixo.

Anne-Laure herdou o apartamento de quarto e sala há cinco meses, e ela diz ao marido que vai ali para "escrever" e "pensar". Se Gilles acha que isso não combina com ela e se desconfia que o lugar seja usado de forma mais ativa, ele não diz nada, porque também arranjou uma amante recentemente: sua secretária, na verdade, uma mulher sem graça e sem sofisticação com quem ele não pode ser visto socialmente, mas que, ao contrário de Anne-Laure, nunca o questiona ou critica.

Villanelle fica ali, contemplando a cidade, até ouvir o borbulhar do café passando. No quarto, Anne-Laure está se mexendo, e seus dedos sonolentos começam a se familiarizar de novo com os contornos rígidos do corpo de Kim. Ele tem vinte e três anos e é bailarino da Ópera de Paris. Anne-Laure e Villanelle o conheceram há doze horas, na festa de um estilista. Levaram três minutos para convencê-lo a ir embora com elas.

Anne-Laure agora está montada em Kim, as mãos apoiadas nas coxas musculosas dele e os olhos parcialmente fechados. Villanelle descansa a bandeja do café em uma mesinha de cabeceira, tira as roupas que estão jogadas em cima do divã e se acomoda, feito uma gata, no brocado macio. Ela gosta de ver a amiga transar, mas agora os gemidos, suspiros e balanços do cabelo de Anne-Laure têm um ar meio artificial. É um teatro e, pela expressão vazia e movimentos obedientes do quadril de Kim, Villanelle percebe que ele não está convencido.

Encarando-o, Villanelle ergue os joelhos, afasta as coxas e começa, muito lenta e deliberadamente, a se masturbar. Anne-Laure não percebe nada, mas Kim olha atentamente entre as pernas dela. Villanelle corresponde ao olhar, repara na expressão sofrida do rapaz quando ele tenta se conter e o vê tremer ao atingir o clímax. Segundos depois, com um gritinho, Anne-Laure se acalma em cima dele.

No divã, Villanelle se espreguiça e lambe o dedo. Para ela, o sexo proporciona apenas uma satisfação física efêmera. O que a empolga muito mais é fitar os olhos de outra pessoa e saber, como uma naja que oscila diante da presa hipnotizada, que seu controle é absoluto. Mas esse jogo também perde a graça. As pessoas se rendem com muita facilidade.

— Alguém quer café? — pergunta ela.

Meia hora depois, quando Kim já saiu para a aula de balé na Ópera, Villanelle e Anne-Laure estão sentadas na varanda. Anne-Laure veste um quimono de seda, e Villanelle, um jeans justo e suéter Miu Miu, o cabelo amarrado em um coque frouxo. As duas estão descalças.

— Então, Gilles ainda te come? — pergunta Villanelle.

— De vez em quando — diz Anne-Laure. Ela pega um cigarro do maço que está ao seu lado e acende o isqueiro Dunhill dourado. — Provavelmente acha que vou desconfiar se ele parar de vez.

Elas se calam. Diante delas se estende o panorama de telhados do 6º Arrondissement, tranquilo à luz da manhã. É um luxo poder passar o tempo assim, gastando a manhã com papos irrelevantes, e as duas mulheres sabem disso. Seis andares abaixo, as pessoas estão correndo para o trabalho, disputando táxis e lotando ônibus e vagões de metrô. As necessidades financeiras de Anne-Laure e Villanelle estão bem satisfeitas, então elas podem se abster dessa labuta diária. Podem fazer compras nas lojas de roupas vintage no Marais, almoçar no yam'Tcha ou no Le Cristal e fazer o cabelo com Tom, no Carita.

Acima de Londres, um céu de chumbo promete chuva. No escritório sobre a estação de metrô da Goodge Street, Eve Polastri arranca um punhado de papel de dentro da fotocopiadora e volta a ajeitá-lo, mas a luz de papel emperrado continua piscando.

— Vai à merda — resmunga ela, apertando o botão de desligar.

Eve está usando uma máquina de quinze anos de idade porque o scanner partiu desta para a melhor e agora está abandonado, fora da tomada, no chão, onde mais cedo ou mais tarde ela vai acabar tropeçando. Já solicitou novos equipamentos para o escritório, ou pelo menos dinheiro para consertos, e recebeu algumas promessas vagas de Vauxhall Cross, mas considerando a complexidade inextricável do orçamento para sua operação, a esperança é baixa.

Hoje, Eve receberá dois novos colegas, ambos homens. Richard Edwards os descreveu como "dois caras dispostos", o que pode significar qualquer coisa. Talvez sejam sujeitos medíocres com problemas disciplinares que não conseguiram se adaptar ao mundo metódico e hierárquico do serviço secreto de inteligência. Qualquer que seja a história deles, provavelmente não vão encarar a Goodge Street como uma promoção.

Eve olha para a escrivaninha degradada de metal que havia sido ocupada por Simon. Um punhado de pertences — uma garrafa térmica, uma caneca da Kylie Minogue cheia de canetas, um globo de neve de *Frozen*, da Disney — permanece intocado, tal como ele deixara. Vendo aquele amontoado empoeirado, Eve sente um grande cansaço. Houve uma época em que sua missão era simples, de propósitos bem definidos. Agora, três meses depois do assassinato de Simon, ela é acometida por uma incerteza paralisante. Os parâmetros da tarefa, antes tão nítidos, se dissolveram em uma bruma tão indistinta quanto a vista do outro lado da janela imunda do escritório.

Ela se pergunta, vagamente, se deveria ter investido mais na aparência. Está usando um casaco de moletom de zíper, uma calça jeans folgada comprada em um mercado e tênis. Simon sempre insistia que Eve se arrumasse um pouco melhor, mas essa coisa toda de vaidade — compras, maquiagem, cabeleireiros — não é fácil para ela. Quando trabalhava para o Grupo de Análise dos Serviços Conjuntos, na Thames House, um colega bem-intencionado a levou para passar a tarde em um spa caro. Eve tentou apreciar, mas estava morrendo de tédio. Tudo parecia muito irrelevante.

Uma das coisas que ela sempre amou em Niko é que ele também não liga para nada disso. No entanto, ele a faz se sentir bonita, e às vezes, nos momentos mais triviais — quando ela está se vestindo, ou quando está saindo da banheira —, ela o flagra observando-a com uma ternura de encher o coração.

Por quanto tempo ele ainda vai olhar assim para ela? Que comportamento absurdo ela precisa exibir para ele acordar um dia e decidir que não dá mais para continuar? Eles já devem estar quase lá. Eve começou a passar as noites perambulando em silêncio pelo apartamento, com um copo de vodca tônica na mão, feito um fantasma alcoólatra. Depois, com frequência, ela apaga na frente do laptop. Homens assassinados assombram seus sonhos, e ela acorda no meio da madrugada com o coração pulando de medo.

Lance Pope e Billy Primrose chegam às dez da manhã e trocam olhares indefiníveis quando Eve se apresenta. Lance tem quarenta e poucos anos, com o porte esguio e desconfiado de um furão. Billy, ofegando alto depois de ter subido a escada, parece recém-saído da adolescência, com cabelo tingido de preto, pele sebosa e uma palidez mórbida.

— Então é isto — murmura Lance.

Eve assente.

— Bem longe dos confortos de Vauxhall Cross, infelizmente.

— Passei a maior parte da carreira em campo. Não faço questão de nada em termos de mobília.

— Que bom.

— Encomendei alguns equipamentos — diz Billy, ainda arfando ligeiramente. — Processadores externos, analisadores lógicos e de protocolo. Coisa básica.

— Boa sorte. Mandei uma solicitação há seis semanas.

— Vai chegar hoje à tarde. Vou precisar de um pouco de espaço.

— Bom, fique à vontade. — Ela tira os óculos e esfrega os olhos. — Quanto vocês sabem do motivo pelo qual estão aqui?

— Porcaria nenhuma — diz Lance. — Falaram que você nos contaria.

Ela põe os óculos de volta no rosto, e os dois homens entram em foco de novo. Billy, vestido de preto gótico, e Lance, com uma versão surrada de esporte casual. Ela os acha extremamente pouco chamativos, confirmando a impressão que teve ao ver a ficha deles.

Quando tinha dezessete anos, usando a alcunha "$qeeky", em referência à asma da qual ele sofria desde pequeno, Billy foi membro de um coletivo hacker responsável por uma série de ataques notórios contra sites de empresas e do governo. O FBI e a Interpol acabaram desmantelando o grupo, e os líderes foram condenados à prisão perpétua, mas o menor Billy foi solto sob fiança, com a condição de que ele morasse na casa dos pais, respeitasse um toque de recolher e não tivesse acesso à internet. Semanas depois, ele foi recrutado pela equipe de Exploração de Segurança do MI6.

Lance é um oficial de carreira do MI6 e veterano de diversas missões no exterior. Embora tenha muita experiência como gestor de agentes e seja elogiado pelos chefes de seção para quem trabalhou, ele não é promovido há anos. O problema é sua insolvência crônica, causada por uma apreciação especial por jogos on-line de azar. Ele é divorciado e mora sozinho em um quarto e sala alugado, em Croydon.

— Estamos aqui para caçar uma assassina profissional — diz Eve. — Não temos nomes, país de origem ou nenhuma informação a respeito de filiações políticas. Sabemos que é uma mulher, provavelmente de vinte e cinco a trinta anos de idade, e que responde a uma organização que conta com recursos extraordinários e alcance global. Sabemos que ela é responsável por no mínimo seis mortes de figuras importantes.

A chuva começa a fustigar a janela da sala, e ela fecha o zíper do moletom até o queixo.

— Existem dois motivos principais pelos quais precisamos prender essa mulher, fora o fato de que ela é uma assassina em série que precisa ser detida.

— O que não é da conta do Serviço — diz Lance, quase para si mesmo.

— O que normalmente não seria da nossa conta, mas neste caso é, sim. Imagino que vocês dois saibam a quem me refiro quando falo de Viktor Kedrin, sim?

Billy faz que sim com a cabeça.

— Maluco fascista, russo, morto em Londres no ano passado. — Ele coça a virilha com um ar distraído. — Não foi Moscou que fez isso?

— O SVR? Não, foi isso que todo mundo supôs. Na verdade, Kedrin e seus guarda-costas foram abatidos pelo nosso alvo. Foi um trabalho de eficiência brutal, e ela executou tudo sozinha.

— Você tem certeza? — pergunta Lance.

— Absoluta. E de qualquer forma temos uma imagem dela obtida por câmeras de segurança.

Eve entrega para cada um dos dois uma folha impressa que contém a foto de um vulto borrado vestido com parca e capuz. A imagem foi tirada por trás. Poderia ser qualquer pessoa.

— É o melhor que temos? — pergunta Lance.

Eve faz que sim e lhes entrega outra folha impressa.

— Mas pode ser que ela se pareça com esta mulher. Lucy Drake.

Billy dá um assovio baixo.

— Bem bonita, então.

— Lucy Drake é modelo. Nossa assassina a usou como isca para entrar no hotel de Kedrin e abordá-lo em um auditório. Mas talvez a semelhança seja apenas superficial.

— Então é possível que ela estivesse trabalhando para Moscou? — pergunta Billy. — Quer dizer, a assassina, não a modelo.

— Improvável, visto que o SVR tem um diretório inteiro especializado em assassinatos. E por que mandariam matá-lo em Londres quando podiam fazer isso a qualquer momento, no próprio país?

— Para causar comoção? — Billy encolhe os ombros. — Mostrar que ninguém é inatingível?

— Talvez, mas as informações que temos indicam que o Kremlin não se incomodava nem um pouco de tolerar Viktor e seus comparsas de ultradireita; eles faziam o regime oficial parecer quase moderado. E não hesitaram em usar a morte dele contra nós. Exigiram uma investigação completa e deixaram claro, na esfera diplomática, que esperam a apreensão da pessoa responsável. Essa exigência foi direcionada, através de Richard Edwards, para mim. Para nós.

Lance comprime os lábios.

— Então quem era responsável pela proteção de Kedrin quando ele estava em Londres?

Eve o encara.

— Oficialmente, eu. Eu era a agente de ligação entre o MI5 e a Polícia Metropolitana.

Lance deixa a resposta dela ficar no ar. Em meio às batidas da chuva, Eve escuta o chiado sutil da respiração de Billy.

— Você disse que tinha outro motivo para querermos essa mulher.

— Ela matou Simon Mortimer, o agente que vocês estão substituindo. E, sim, eu sei o que o relatório oficial do Serviço diz, porque ajudei a escrevê-lo. Na verdade, o que aconteceu foi que ela cortou a garganta dele para me mandar um recado.

— Merda — murmura Billy. Ele enfia a mão no bolso da calça camuflada, pega um inalador e dá duas tragadas profundas.

— Ela cortou a garganta dele — diz Lance, com um tom neutro. — Para lhe mandar um recado.

— Sim. É isso mesmo. Então talvez vocês queiram pensar bastante antes de aceitar entrar para esta equipe.

Lance olha para ela por um instante.

— Aonde exatamente você espera que a gente chegue com isto?

— Temos uma pista. O nome de um indivíduo que talvez esteja recebendo dinheiro da organização por trás do nosso alvo. É um tiro no escuro, mas é o que tem para hoje. Então seguimos o dinheiro e o homem e, talvez, quem sabe, achemos nossa assassina.

— Alguma chance de pegar emprestado algum pessoal de vigilância A4 da Thames House?

— Nenhuma. Esta operação é fechada, e não pode sair nem um pio desta sala. E vocês não vão poder manter contato, social ou não, com ninguém dos serviços de segurança, em nenhuma das margens do rio. Se alguém for olhar a ficha de vocês, vai ver que os dois estão oficialmente cedidos para a Alfândega. E, repito, pode ser perigoso. Tudo indica que nosso alvo, além de ser uma mulher muito bem treinada e equipada, é também uma sociopata narcisista que mata por prazer.

— Imagino que o salário seja uma merda — diz Lance.

— Vocês dois vão continuar recebendo a mesma coisa, sim.

Os dois homens se entreolham. E então, muito lentamente, Billy assente com a cabeça, Lance encolhe os ombros, e, pela primeira vez desde que eles chegaram, Eve sente uma faísca de propósito compartilhado.

— Então — diz Billy. — A pista que você comentou.

Correndo, Villanelle sente o corpo relaxar e assumir o ritmo conhecido. As costas e as coxas ainda estão doloridas por causa da sessão de jiu-jítsu da tarde anterior no Club d'Arts Martiaux, em Montparnasse, mas, quando ela termina o circuito em volta do lago e do hipódromo Auteuil, a rigidez já desapareceu. Voltando para casa, ela pega um pedido de sushi para viagem no Comme des Poissons e um exemplar do *Les Echos*, um jornal de finanças.

No apartamento, ela toma banho, passa um pente no cabelo louro-escuro e veste calça jeans, camiseta e uma jaqueta de couro. Sentada na varanda, ela come o sushi com os dedos e começa a ler o *Les Echos*. Quando termina o último pedaço de atum, já examinou todas as páginas e processou todas as informações necessárias.

Passando os olhos pela cidade, ela confere o celular. Mas não há mensagem de Konstantin. Nenhum alvo novo. Ligando o rádio Grundig de ondas curtas, como ela é obrigada a fazer pelo menos duas vezes por dia quando está entre missões, Villanelle digita um código de busca. Como sempre, leva alguns instantes para encontrar o número da estação, que costuma pular de frequência em frequência. Hoje, está transmitindo em 6840 kHz. Um chiado baixo, seguido pelas primeiras quinze notas de uma canção popular russa cujo nome Villanelle conhecia, mas já esquecera havia muito tempo. A música é gerada eletronicamente, com um som metálico sutil que é, ao mesmo tempo, triste e vagamente sinistro. As notas se repetem por dois minutos, e depois uma voz de mulher, distante, mas precisa, começa a recitar um grupo numérico russo de cinco dígitos.

Esse é o código de chamada, que identifica o indivíduo para quem a mensagem é dirigida, e a voz repete os números três vezes — "*Dva', pya', devyat', sem', devyat'*...", dois, cinco, nove, sete, nove — até Villanelle se dar conta de que o código de chamada é o dela. O susto a deixa sem reação por um instante. Um chamado de rádio indica ação imediata. Faz mais de dois anos que ela acessa a estação, e nunca ouviu seu número.

A chamada é repetida por quatro minutos, e depois seis apitos eletrônicos anunciam a mensagem. De novo, são grupos numéricos de cinco dígitos, cada um comunicado duas vezes. E então, os apitos outra vez, as notas iniciais da canção popular, e o chiado de estática vazia. Villanelle leva dez minutos para decodificar a mensagem com o bloco de uso único que ela guarda, junto com uma SIG Sauer P226 automática e dez mil euros em notas altas, dentro de um cofre secreto. O que diz é:

17NORTHSTAR.

Villanelle volta a trancar o cofre, pega um boné, óculos de sol e sai do apartamento. O local dezessete é um heliponto no Issy-les-Moulineaux. Correndo o máximo que o trânsito permite pelo anel viário, pulando de faixa em faixa no Roadster prata, ela chega ao lugar em quinze minutos. No portão do estacionamento, dois homens com colete fluorescente estão esperando. Eles parecem vagamente oficiais, e quando Villanelle desacelera e para, um deles mostra uma placa que tem as palavras "Estrela Polar". Villanelle assente e, depois de indicar para que ela saia do Audi, ele pega a chave do carro, e então o outro homem a conduz até uma pista secundária sem sinalização que dá em um retângulo de asfalto cercado por galpões. No centro, um helicóptero Airbus Hummingbird aguarda, com os rotores girando.

Villanelle se senta no banco ao lado do piloto, prende o cinto de segurança e coloca um headphone com redutor de ruído na cabeça, por cima do boné. Ela está sem bagagem, dinheiro, passaporte ou qualquer documento de identidade.

— Certo? — pergunta o piloto, com os olhos ocultos por trás de óculos espelhados.

Villanelle sinaliza com o polegar para cima e o Hummingbird decola, paira por um instante acima do heliponto e começa a se dirigir para o leste. Abaixo deles, rapidamente, passa o contorno sinuoso do Sena e o engarrafamento da Périphérique. E então a cidade fica para trás e resta apenas o ronco do motor. Só agora Villanelle tem tempo para se perguntar por que foi convocada pela emissora de números. E por que não recebeu notícias de Konstantin.

Já é fim de tarde quando eles pousam no aeroporto Annecy Mont Blanc, no sudeste da França, onde uma única pessoa aguarda na pista. Algo no cabelo muito curto e no traje muito justo indica a Villanelle que a mulher é russa, e isso se confirma quando ela fala, indicando-lhe um Peugeot coberto de poeira que está estacionado a cinquenta metros de distância. A mulher dirige com uma eficiência brusca, dando uma meia-volta rápida pelo aeroporto até parar, cantando pneu, em um hangar, ao lado de um Learjet com um emblema da North Star.

— Entre — ordena ela, batendo a porta do carro, e Villanelle sobe a escada do Learjet, entra na cabine climatizada e se acomoda em uma poltrona estofada de couro azul-cinza. A mulher entra também, recolhe a escada e fecha a porta do avião. As turbinas se ativam imediatamente. Um clarão de fim de tarde atravessa a janela quando o avião sai do hangar e, com um estrondo abafado, decola.

— Então, aonde vamos? — pergunta Villanelle, desafivelando o cinto de segurança.

A mulher a encara. Tem um rosto largo e anguloso, e os olhos são da cor de ardósia. Algo nela parece familiar.

— Leste — diz ela, abrindo uma maleta aos seus pés. — Estou com seus documentos.

Um passaporte ucraniano em nome de Angelika Pyatachenko. Uma carteira de couro desgastado com documento de motorista, cartões de crédito e uma credencial que a identifica como funcionária da empresa North Star. Notas fiscais amassadas. Um punhado de notas de rublo.

— E roupas. Por favor, troque-se agora.

Um casaco de imitação de couro, um suéter frouxo de lã de angorá, uma saia curta. Botas desgastadas de cano curto. Calcinha e sutiã muito desbotados. Calças baratas, novas, de uma loja de departamentos em Kiev.

Ciente de que está sendo observada, Villanelle tira o boné e os óculos escuros e começa a se despir, deixando as roupas no assento de couro azul. Quando tira o sutiã, a outra mulher solta uma exclamação.

— Merda. É você mesmo. Oxana Vorontsova.

— Desculpe?

— Eu não tinha certeza antes, mas...

Villanelle a encara com uma expressão impassível. Konstantin prometeu que a ruptura era total. Que jamais aconteceria algo desse tipo.

— Do que você está falando?

— Você não se lembra de mim? Lara? De Ecaterimburgo?

Merda, não pode ser. Mas é. Aquela garota da academia militar. Ela cortou o cabelo e parece mais velha, mas é a própria. Com um esforço extraordinário, Villanelle mantém o rosto inexpressivo.

— Quem você acha que eu sou?

— Oxana, eu sei quem você é. Está diferente, mas é você. Achei que tinha reconhecido essa cicatriz pequena na sua boca e tive certeza quando vi essa pinta no seu peito. Você não se lembra de mim?

Villanelle pondera sobre a situação. Negações não vão adiantar.

— Lara — diz ela. — Lara Farmanyants.

Elas se conheceram há poucos anos, nos jogos universitários, quando estavam competindo em tiro ao alvo. Tinha ficado nítido que seria muito difícil derrotar Farmanyants, que representava a Academia Militar de Kazan, então, na noite anterior à final, Oxana se esgueirou para dentro do quarto da adversária e, sem falar nada, ficou nua e subiu na cama dela. A jovem cadete não demorou muito para se recuperar da surpresa. Como Oxana havia imaginado, ela estava subindo pelas paredes de tesão e retribuiu os beijos com o desespero de um animal faminto. Mais tarde, naquela noite, entorpecida depois de horas de sexo oral ardente, ela sussurrou para Oxana que a amava.

Foi nesse momento que Oxana soube que havia vencido. Na manhã seguinte, ela voltou bem cedo para o próprio quarto e, quando Lara foi tomar café no refeitório, fingiu que não a viu. Lara tentou falar com ela algumas vezes naquela manhã, e em todas Oxana a ignorou. Quando elas se posicionaram no estande, o rosto largo de Lara exibia mágoa e confusão. Ela tentou se recuperar para a competição, mas sua pontaria vacilou, e o máximo que conseguiu foi a medalha de bronze. Oxana, atirando com precisão, levou o ouro, e no ônibus de volta para Perm Lara Farmanyants já havia desaparecido de sua memória.

E agora, por alguma coincidência maligna, ali está ela de novo. Talvez não seja tão estranho que ela trabalhe para Konstantin. Sua pontaria é maravilhosa, e ela provavelmente é inteligente e ambiciosa demais para desperdiçar a carreira nas Forças Armadas.

— Li no jornal que você matou uns mafiosos — diz Lara. — E depois um dos instrutores da academia me contou que você se enforcou na cadeia. Que bom que essa parte não era verdade.

Ciente de que precisa preservar Lara a seu favor, Villanelle olha para ela com uma expressão mais branda.

— Sinto muito pelo que eu fiz com você em Ecaterimburgo.

— Você fez o que precisava para vencer. E embora provavelmente não tenha significado nada para você, eu nunca esqueci aquela noite.

— Sério?

— Seriíssimo.

— Quanto tempo dura este voo? — pergunta Villanelle.

— Mais umas duas horas, talvez.

— E vamos ser interrompidas?

— O piloto foi ordenado a não sair da cabine.

— Nesse caso... — Ela levanta a mão e passa levemente o dedo pela bochecha de Lara.

Já está escurecendo quando o Learjet desce em um pequeno aeroporto particular perto de Scherbanka, no sul da Ucrânia. Um vento frio varre a pista de pouso, onde uma BMW blindada as aguarda. Lara dirige rápido, saindo do aeroporto por um portão lateral, onde um guarda de uniforme autoriza a passagem, com um aceno. Ela diz a Villanelle que o destino é Odessa. Durante uma hora, elas seguem tranquilamente pela estrada mais e mais escura, mas, quando se aproximam da cidade, começam a pegar trânsito. À frente, iluminadas pelas luzes da cidade, as nuvens são de um amarelo sulfuroso.

— Não vou falar nada sobre você — diz Lara.

Villanelle apoia a cabeça no vidro da porta. As primeiras gotas de chuva riscam o vidro à prova de balas.

— Não vai ser bom se você falar. Oxana Vorontsova morreu.

— Que pena. Eu a admirava.

— Você precisa esquecê-la.

Villanelle decide que vai conversar com Konstantin. Ele pode lidar com Lara. De preferência, com um tiro de nove milímetros na nuca daquela cabeça de cabelo aparado.

* * *

Depois da China, com a ajuda de um investigador cedido pelo Departamento de Crimes Financeiros de Londres, Eve tentou perseguir a pista que Jin Qiang lhe dera: identificar quem havia feito a transferência bancária de dezessete milhões de libras e quem tinha sido o beneficiário. A investigação não revelou a origem da transação, mas os levou, através de uma rede elaborada de empresas de fachada, à pessoa que sacou o dinheiro, um desconhecido capitalista de risco chamado Tony Kent.

Uma investigação detalhada sobre Kent e suas atividades revelou pouco, mas um fato chamou a atenção de Eve: Kent era membro de um consórcio de pesca que possuía quase um quilômetro de extensão do rio Itchen, em Hampshire. Não foi fácil encontrar informações sobre o consórcio, mas Richard Edwards conseguiu, depois de algumas consultas discretas, obter uma lista de membros para Eve. Não era uma lista longa; na verdade, continha apenas seis nomes. O de Tony Kent, de dois gestores de fundos de hedge, de um sócio em uma firma importante que negocia commodities, de um cirurgião cardiotorácico famoso e de Dennis Cradle. Eve sabe exatamente quem é Dennis Cradle: o diretor da Divisão D4 do MI5, responsável por antiespionagem contra a China e a Rússia.

Billy está curvado sobre a escrivaninha de aço que era de Simon, invadindo a conta de e-mail de Dennis Cradle. O equipamento novo de informática, já conectado e rodando, produz um zumbido baixo. Lance está sentado em uma cadeira de plástico na frente da janela, olhando para o trânsito na Tottenham Court Road. Sua contribuição para a decoração do escritório foi uma arara de roupas, cheia de casacos e jaquetas que parecem saídos de um brechó. Contrariando todos os seus princípios, Eve lhe deu permissão para fumar, já que o odor pungente dos cigarros que ele enrola à mão disfarça outros cheiros piores.

— Você comeu curry ontem à noite, Billy? — pergunta ela, tirando os olhos da tela do laptop.

— É, camarão ao Madras. — Ele ajeita o traseiro na cadeira. — Como você sabe?

— Digamos que foi um palpite certeiro. Como vai aí com essa senha?

— Quase, eu acho. — Os dedos dançam pelo teclado enquanto ele encara a tela. — Ah! Seu idiota...

— Conseguiu? — pergunta Lance.

— Pode crer. Dennis Cradle, te peguei.

— Então o que temos? — pergunta Eve, e uma fagulha de empolgação se acende dentro dela.

— Dados na nuvem. Tudo do computador da casa dele, basicamente.

— Não parece muito protegido.

Billy encolhe os ombros.

— Provavelmente ele acha que não precisa de autenticação pesada para coisas domésticas.

— Ou talvez ele não queira passar a impressão de que tem algo a esconder. Talvez isso seja o que a gente pode ver.

Cradle divide o e-mail com a esposa, Penny, uma advogada societária. As mensagens são armazenadas em pastas bem organizadas, com nomes como "Contas", "Carros", "Saúde", "Seguro" e "Escolas". A caixa de entrada tem menos de cem mensagens, que Billy copia e manda para Eve. Uma leitura preliminar não revela nada muito interessante.

— Parece propaganda de alguma marca de grife — diz Eve, passando pelas fotos dos Cradle.

Quase todas as imagens são da família em atividades de lazer. Esqui em Megève, tênis em Málaga, veleiro no Algarve. Cradle é um homem musculoso e bronzeado de uns cinquenta anos que claramente gosta de ser fotografado em material esportivo. A esposa, bonita e em boa forma, deve ser uns cinco anos mais nova. Os filhos, Daniel e Bella, olham para a câmera com a arrogância petulante dos adolescentes de escola particular.

— Babacas — diz Billy.

— Vamos ver a casa deles em Londres — diz Eve.

A foto da rua mostra uma casa de tijolos vermelhos em estilo georgiano, afastada da rua. Uma varanda com colunas aparece parcialmente oculta por um arbusto de magnólias. Dá para ver um alarme antiladrão ao lado de uma janela no térreo.

— Onde fica? — pergunta Lance.

— Muswell Hill. Faz seis anos que eles moram lá. Custou um milhão e trezentos mil. Hoje em dia, deve valer pelo menos dois.

— Cradle não pretende fingir que banca isso tudo com o salário do governo, né?

— Não. A esposa é quem ganha mais.

— Ainda assim, não vai ser fácil explicar de onde saíram dezessete milhões.

Eve dá de ombros.

— Duvido que eles precisem explicar. Se Tony Kent for uma espécie de mediador financeiro para a organização que estamos investigando, imagino que o dinheiro esteja guardado bem longe do alcance da Receita.

— Então como sabemos que ele vai para Cradle?

— Não sabemos com certeza. Mas Jin Qiang não teria me apontado Kent se não soubesse que eu iria associá-lo a Cradle. Eu tinha perguntado especificamente sobre a possibilidade de haver membros dos serviços de inteligência britânicos que recebessem pagamentos vultosos de alguma fonte desconhecida. Essa foi a resposta de Jin. Acho que isso é o máximo que ele achava que podia fazer.

— Então — diz Lance —, vamos revirar a casa de Cradle?

Eve limpa os óculos.

— Eu gostaria, mas deve estar bem protegida. Ele é uma autoridade do MI5. Daria uma merda feia se alguém nos pegasse.

— Imagino que não vamos tentar o método do mandado de busca e apreensão.

— Não. Jamais conseguiríamos um, mesmo se explicássemos nossos motivos, o que não podemos fazer.

— Só queria confirmar. — Lance se inclina na direção da tela. — Esse alarme na janela do andar de cima é falso, então provavelmente eles usam um sistema convencional. Infravermelho, sensores de pressão...

— Você acha que dá para fazer? — pergunta Eve.

Ele acende o isqueiro embaixo do cigarro parcialmente fumado.

— Dá para fazer qualquer coisa. É uma questão de oportunidade. Você consegue abrir a agenda do cara, Billy?

— Consigo abrir a de Penny. Parece que ele não tem uma.

— Preciso de pelo menos duas horas. O que tem aí?

— Que tal isto? — diz Billy. — Jantar com A & L, Mazeppa, oito horas.

Eve franze o cenho.

— Mas é hoje.

— Eu consigo hoje. — Lance encolhe os ombros. — Vou cancelar meu encontro com Gigi Hadid.

— Cedo demais. Precisamos fazer um reconhecimento decente antes. Não dá para entrar lá assim do nada. O que mais tem na agenda deles?

— Não sei quanto a Dennis — diz Billy —, mas Penny não tem mais nada marcado para esta semana.

— Merda. — Eve pesquisa "Mazeppa" no celular. É um restaurante avaliado pelo *Michelin*, na Dover Street, em Mayfair. Ela lança um olhar incerto para Lance.

— Posso dar uma olhada na casa hoje à tarde — sugere ele. — Estacionar perto e esperar. Assim que eles saírem à noite, a gente entra.

Eve assente. Está longe de ser ideal. E ela não faz a menor ideia da habilidade de Lance como invasor de residências. Mas Richard não teria mandado um agente inútil. E ela precisa de resultados.

— Tudo bem — responde.

* * *

Lara deixou Villanelle em um café no mercadão de Odessa, no bairro de Moldovanka. É um lugar decadente, com iluminação amarelada, cartazes de viagem descorados nas paredes e um quadro-negro anunciando o especial do dia. Metade das mesas está ocupada, mais ou menos. Homens solteiros, principalmente, e algumas mulheres que talvez sejam prostitutas, abastecendo--se de sopa *solyanka* e pastéis antes de começarem a noite de trabalho. De vez em quando, os homens lançam olhares para Villanelle, mas, ao serem recebidos por uma expressão francamente hostil, voltam a virar o rosto.

Já faz vinte minutos que ela está esperando, tomando uma xícara de chá e folheando um exemplar do *Sevodnya*, um tabloide em russo, em um dos reservados na lateral do café. De tempos em tempos, ela ergue os olhos para a vitrine de vidro fosco e para as ruas mal iluminadas do lado de fora. Está com fome, mas não pede nada, caso tenha que sair.

Uma figura magra se acomoda na frente dela, no reservado. Um homem que ela já viu antes: o que falou com ela no Hyde Park, no inverno anterior, e que a assustou.

E agora ali está ele de novo. A barba está por fazer, e o paletó ajustado deu lugar a uma jaqueta de couro surrada, mas a escuridão gelada dos olhos é a mesma. Quando eles se conheceram, o homem falou em inglês, mas agora está chamando a garçonete idosa em russo fluente, com sotaque de Moscou.

— Está com fome? — pergunta ele, passando a mão pelo cabelo molhado de chuva.

Ela dá de ombros.

— *Borscht* e *pirozhki* para dois — pede ele, recostando-se no assento.

— Então — diz Villanelle, com o rosto impassível.

— Então, nos reencontramos. — Ele oferece uma insinuação de sorriso. — Peço desculpas por não ter me identificado em Londres. Não era o momento.

— E agora é?

Ele a observa atentamente.

— Ficamos impressionados com a maneira como você lidou com Kedrin. E agora estamos diante de uma situação que exige sua ajuda.

— Entendi.

— Não entendeu, mas vai entender. Meu nome é Anton, sou colega do homem que você conhece como Konstantin.

— Prossiga.

— Konstantin foi capturado, sequestrado por uma gangue de mafiosos daqui de Odessa.

Ela o encara, sem palavras.

— E, sim, temos certeza. O nome da gangue é *Zoloty Bratstvo*, ou Irmandade Dourada, e ela é comandada por um homem chamado Rinat Yevtukh. De acordo com as nossas informações, Konstantin está detido em uma casa protegida em Fontanka, a meia hora daqui. A casa pertence a Yevtukh. A intenção da gangue, aparentemente, é pedir um resgate.

Ela mantém uma expressão neutra, mas seu corpo é tomado por uma sensação de alerta tão intensa que chega a ser nauseante. É uma armação? Uma tentativa de provocar pânico nela e fazê-la revelar quem e o que ela é?

— Você precisa confiar em mim — diz ele. — Se eu fosse hostil, você já estaria morta.

Ela continua sem falar nada. Mesmo se for verdade, se Konstantin tiver realmente sido capturado, ainda assim ela está fatalmente vulnerável. Se eles — quem quer que sejam — conseguem chegar a Konstantin, apesar de toda a astúcia tortuosa dele, então conseguem chegar a ela também.

— Diga — responde ela, enfim.

— Certo. Temos certeza de que os sequestradores não sabem nada da associação de Konstantin conosco, nem sequer que nós existimos. Para esse grupo, ele é só um empresário em viagem cuja empresa vai pagar o resgate normalmente. O que nos preocupa é que a organização de Yevtukh está sob controle do SVR, o serviço secreto de inteligência russo, já há algum tempo. E o SVR já ouviu falar de nós, assim como o MI6. Eles não sabem quem somos, nem o que somos, mas sabem que existimos. Então a questão é: eles organizaram esse sequestro com o objetivo de interrogar Konstantin sobre nós? Não temos certeza. Temos gente nossa no SVR, claro, mas vai levar algum tempo até descobrirmos o que está acontecendo. E não temos tempo.

Ele se cala quando tigelas, colheres e uma travessa fumegante de *borscht* são depositados na mesa, logo acompanhados de um prato de *pirozhki* — pães pequenos com carne moída. Quando a garçonete se afasta, Anton pega uma concha da sopa de beterraba, espirrando gotas roxo-escuras no suéter barato de Villanelle.

— Konstantin é forte — continua Anton. — Mas nem ele é capaz de resistir a um interrogatório do SVR.

Villanelle assente, passando um guardanapo de papel no suéter com um ar distraído.

— Então o que você sugere?

— Vamos resgatá-lo.

— Vamos?

— Sim. Reuni uma equipe do nosso melhor pessoal.

Ela o encara.

— Não trabalho com outras pessoas.

— Agora trabalha.

— Quem decide sou eu.

Ele se inclina para ela.

— Olhe aqui, não temos tempo para essa palhaçada de diva. Você vai fazer o que mandarem. E a chance de todos conseguirmos sair vivos dessa é boa.

Ela permanece imóvel no assento.

— Nunca participei de uma operação de resgate.

— Só preste atenção, sim? Você tem um papel muito específico a cumprir.

Ela presta. E sabe que não tem escolha. Que tudo o que ela é, tudo o que se tornou, depende do sucesso dessa missão.

— Vou fazer, com uma condição: eu não posso ser reconhecida. Não quero que ninguém mais da equipe veja meu rosto. Nem descubra qualquer coisa sobre mim.

— Não se preocupe, os outros pensam do mesmo jeito. Vocês vão usar máscaras de rosto inteiro do começo ao fim, e as comunicações serão limitadas a um mínimo operacional. Depois, quando a missão tiver sido concluída, vocês serão levados de volta a seus respectivos lugares de origem.

Villanelle assente. Tem muita coisa nele que ela acha suspeita, e isso a deixa instintivamente com o pé atrás. Mas por enquanto não consegue ver problemas no plano.

— Então quando nós agimos?

Ele passa os olhos pelo café e toma um gole da sopa. A chuva fica mais forte na vitrine.

— Hoje à noite.

Niko não ergue a voz, mas Eve percebe que ele está irritado. Eles vão receber a visita de dois colegas dele da escola. Um *pinot noir* chileno foi comprado, e uma peça pequena, mas cara, de cordeiro repousa em uma travessa, temperada com dentes de alho. A expectativa para a noite é que Eve se arrume, que use o perfume Saint Laurent que ele lhe deu de presente e os brincos mais bonitos que tem, e que, depois de os convidados irem embora, eles façam amor ligeiramente bêbados, e que, de um jeito ou de outro, tudo fique bem de novo.

— Não acredito que isso, o que quer que seja, precisa mesmo acontecer hoje — diz ele. — Quer dizer, caramba, Eve. Fala sério. Faz semanas que você sabe que Zbig e Claudia vêm hoje.

— Desculpa — diz ela, ciente de que Billy está ouvindo cada palavra. — Hoje não dá. E não posso falar disso pelo telefone. Você vai ter que pedir desculpas a eles por mim.

— E o que é que eu digo? Que você teve que trabalhar até tarde? Achei que isso tinha acabado quando você...

— Niko, por favor. Diga o que você quiser. Você sabe da situação.

— Não, eu não sei, Eve. Não sei mesmo. Eu tenho uma vida, caso não tenha percebido, e estou pedindo, só desta vez, que você faça algo por mim. Então invente uma desculpa, faça o que for necessário, mas volte para casa hoje. Se você não...

— Niko, eu...

— Não, escute você. Se não voltar, nós vamos ter que pensar com muito cuidado se...

— Niko, é uma emergência. É uma situação de ameaça contra a vida, e tenho ordens para ficar.

Silêncio, exceto pelo som da respiração dele.

— Desculpa, preciso desligar.

Quando a ligação termina, o olhar de Eve cruza com o de Billy, e ele vira o rosto. Ela fica parada por um instante, atordoada de vergonha. Não é a primeira vez que se esquiva de contar a verdade para Niko, mas é a primeira que ela mente de fato.

E para quê? Billy e Lance poderiam cuidar muito bem disso sem ela. Na verdade, provavelmente é o que eles preferem, mas alguma parte dela, algum elemento selvagem e atávico em seu âmago, quer acompanhar a matilha. Vale a pena? Transformar a vida dela nessa penumbra furtiva e testar a resistência do amor de um homem bom? Dennis Cradle vai dar em algo, ou será que ela só está fazendo associações imaginárias, para criar uma ilusão de progresso?

Se eles não conseguirem nada com Cradle, ela vai tirar uma folga. Resolver os problemas com Niko, se não for tarde demais. Todos os agentes com mais tempo de casa na Thames House diziam o mesmo: é preciso ter uma vida do lado de fora. Quem não quer acabar sozinho precisa dar um jeito de se afastar da embriaguez insone do trabalho no serviço secreto. Ele só oferece uma série interminável de horizontes falsos e nenhuma conclusão.

A ideia de Niko em casa sem ela, pondo a mesa, preparando as taças de vinho, colocando o cordeiro cuidadosamente no forno, faz Eve querer chorar. A tentação de ligar para ele, de falar que a situação se resolveu e que ela vai voltar para casa, é enorme. Mas ela não liga.

— Você tem namorada, Billy?

— Não exatamente. Bato papo com uma garota em *Sea of Souls*.

— O que é *Sea of Souls*?

— Um jogo de RPG on-line.

— E como ela se chama?

— O nome de usuário dela é Ladyfang.

— Vocês já se conheceram pessoalmente?

— Nah. Já pensei em sugerir um encontro, mas ela provavelmente ia acabar sendo uma velha, ou um cara, ou sei lá.

— Isso não é meio chato?

Billy dá de ombros.

— Para falar a verdade, não tenho tempo para namorar agora. — Um momento de silêncio, interrompido pela vibração do celular dele. — É Lance. Ele já estacionou, está de olho na casa. Nenhum sinal de ocupantes.

— Eles não devem ter saído do trabalho ainda. E imagino que os dois vão direto do trabalho para o restaurante. Ele deve ir da Thames House. A empresa dela fica no Canary Wharf. Mas não podemos contar com isso. Nosso tempo vai começar a partir das oito, a hora marcada no Mazeppa.

— Vou ligar para a minha mãe. Dizer que não é para me esperar acordada.

A base avançada de operações é um casarão rural abandonado, que fica três quilômetros ao noroeste de Fontanka. A equipe de campo está reunida em uma construção retangular que abriga um compacto ZAZ enferrujado e uma variedade de equipamentos agrícolas sujos de lama. Holofotes temporários iluminam duas mesas compridas cobertas com mapas, plantas arquitetônicas e um laptop. Caixas de metal que contêm armas, munição e equipamentos estão empilhadas no chão de terra. São dez horas da noite, horário local. Atrás da parede do estábulo, em contraste com o céu escuro, Villanelle enxerga os rotores de um helicóptero militar Little Bird.

Além de Anton, a equipe é formada por cinco pessoas. Quatro infiltradores, incluindo Villanelle, e um atirador de elite. Todos os cinco estão usando macacão Nomex preto, colete à prova de balas e balaclava justa. Villanelle não faz ideia da identidade dos outros, mas Anton está passando as instruções finais em inglês.

Eles escutam que o edifício em que Konstantin está retido fica em uma propriedade de vinte e quatro mil metros quadrados. Fotos revelam um palacete luxuoso de três andares, com colunas, balaustradas e um telhado íngreme. Uma cerca de arame contorna toda a propriedade; a entrada é por um portão eletrônico vigiado. Para Villanelle, o lugar parece um bolo de casamento fortificado.

Os infiltradores devem esperar combate. Segundo informações obtidas por observação, a casa conta com um destacamento permanente de sete seguranças armados, dos quais sempre há três em patrulha pelo lado de fora. Considerando a reputação de Yevtukh e a probabilidade de que a maioria deles seja ex-militar, é capaz que a resistência seja pesada.

O plano de Anton é simples: um ataque cirúrgico de tamanha selvageria e intensidade que deixe os sequestradores incapazes de coordenar uma reação. Enquanto a equipe de campo ataca a casa, o atirador de elite ficará em busca de alvos oportunos. A rapidez será crucial.

Villanelle olha para as outras figuras mascaradas à sua volta. Os macacões e coletes conferem a todos o mesmo perfil largo, mas a pessoa com o fuzil de precisão tem as dimensões de uma mulher. Eles só vão se identificar uns aos outros por um nome de guerra. Os infiltradores são Alfa, Bravo, Charlie e Delta, e a atiradora de elite é Eco.

Quando acabam as instruções táticas, os infiltradores vão para as caixas de armamento. Depois de pensar um pouco, Villanelle se arma com uma submetralhadora KRISS Vector, uma pistola Glock 21, alguns carregadores com balas calibre .45 ACP e uma faca militar. E então, de uma das mesas, ela pega uma câmera e visor de fibra óptica e a bolsa de capacete marcada com seu nome de guerra, Charlie. Ela guarda a câmera em um bolso da perna e sai de capacete ao pátio escuro, para verificar o sistema de comunicação e os óculos de visão noturna. À sua volta, ela vê breves momentos de luz conforme os outros três infiltradores testam lanternas e miras a laser.

Ela tira o capacete balístico e os observa. Tem o cara alto, Delta, cujas mãos negras carregam uma escopeta de combate pesada. Bravo é uma figura magra de estatura média, completamente anônima, e Alfa é corpulento e baixo. Os dois estão armados com submetralhadoras Heckler & Koch de cano curto e várias bandoleiras cheias de munição. Todos os três são, sem dúvida, homens, e ela sabe que eles também a observam, sem nenhuma expressão nos olhos por trás da máscara. A meia dúzia de passos, a atiradora de elite, armada com um fuzil Lobaev SVL e luneta de visão noturna, mede vetores de vento lateral com um velocímetro.

Dentro do casarão, a equipe conclui os protocolos de comunicação e rádio. As vozes dos outros não revelam nada; todos são fluentes em inglês, ainda que com sotaques diferentes. Alfa parece ser do Leste Europeu, Bravo é definitivamente do sul dos Estados Unidos, e a língua materna de Delta provavelmente é árabe. Eco, a mulher, é russa. E Villanelle pondera que é a essas criaturas sem rosto que ela deve confiar a vida. Puta merda.

Alisando os mapas e as plantas, Anton chama todos.

— Certo. Última repassada, e depois vamos. Eu preferiria atacar a casa em algum momento antes do amanhecer, mas não podemos correr o risco de deixar o refém lá tanto tempo. Então prestem atenção.

Enquanto ele fala, Villanelle percebe que Eco, a atiradora de elite, está parada ao seu lado. Seus olhares se cruzam, e ela reconhece o tom cinza-ardósia de Lara Farmanyants.

Mais uma vez, Villanelle sente o mundo girar. Lara deitada nua sob ela é uma coisa, e Lara segurando um fuzil de precisão é outra bem diferente. Ela está ali apenas para eliminar os guardas, ou será que faz parte de algum misterioso plano ardiloso de Anton?

As duas mulheres se observam por um instante, impassíveis.

— Bela arma — diz Villanelle.

— É a minha preferida para esse tipo de trabalho. Adaptada para munição calibre .408 Chey-Tac. — Lara puxa o ferrolho silencioso da Lobaev. — Hoje em dia não é tão fácil distrair minha pontaria.

— Com certeza. Boa caçada.

Lara assente com a cabeça e, um minuto depois, entra no utilitário que vai levá-la à sua posição.

Os minutos se arrastam. Villanelle encaixa os protetores de ouvido do capacete, ajusta o microfone e aperta a alça do queixo. Por fim, um sinal de Eco informa Anton de que ela está a postos. Anton faz um gesto com a cabeça para os quatro infiltradores, e eles atravessam o pátio escuro rumo ao Little Bird preto. O piloto está esperando no cockpit apagado e prepara a aeronave para a decolagem enquanto os infiltradores se posicionam nas plataformas externas. Sentando-se a bombordo, com a KRISS Vector pendurada na frente do corpo, Villanelle fixa o arnês. Ao lado dela, Delta apoia a escopeta nos joelhos. Os olhos dele se estreitam, e os dois trocam olhares atentos.

O motor do Little Bird liga com um rugido abafado, seguido pelo *vum-vum* cada vez mais veloz dos rotores. A aeronave trepida, Delta estende o braço coberto, e ele e Villanelle batem os punhos. Por enquanto, haja o que houver, eles são uma equipe, e ela enterra suas apreensões no fundo da mente. O Little Bird sobe alguns metros e paira no ar. Depois, o chão se afasta conforme eles avançam pelo céu noturno.

Contra o vento, o helicóptero se aproxima da mansão e então faz uma curva rápida, passando por cima da cerca antes de parar a um metro do gramado, a leste da entrada principal. Soltando os arneses, os infiltradores pulam para o chão, de armas preparadas, e em questão de segundos o Little Bird sobe de novo e desaparece na escuridão.

Conforme eles se abrigam às pressas na lateral da casa, holofotes de alta intensidade inundam a área, com uma forte luz branca. Dois vultos correm na direção deles pela entrada de carros. Ouve-se um estalo abafado, mais um, e os dois caem no cascalho. Um se retorce feito um inseto empalado, e o outro está imóvel, praticamente decapitado pelo tiro silenciado de calibre .408.

— Belo tiro, Eco — murmura Bravo, e seu sotaque sulista arrastado ressoa nitidamente no fone de Villanelle.

Com uma série de tiros certeiros, ele começa a apagar os holofotes de LED instalados no gramado e na frente da construção. Alfa corre até o canto traseiro da casa para fazer o mesmo lá. Villanelle observa e aguarda. Abafados pelo sistema de supressão de ruído do capacete, os tiros parecem distantes e irreais.

Agora que só o outro lado da casa está iluminado por holofotes, a parte ocidental da propriedade assume um forte contraste. Villanelle arrisca uma olhada rápida pela esquina da parede e sente o ar vibrar quando uma bala passa perto de seu rosto. A pessoa que atirou deve ter se denunciado, porque Villanelle escuta de novo o baque de um tiro de precisão acertando o alvo. Pelo fone, a voz de Lara é calma.

— Eco para todos os agentes, vocês agora estão liberados para invadir. Repito, vocês estão liberados para invadir.

O que acontece a seguir é um estudo em tempo e movimento. Alfa corre até a grande porta central da frente da casa, posiciona explosivos moldados e volta para os outros. A porta explode com um *bum* ensurdecedor, mas é uma distração. O ataque verdadeiro é por uma pequena porta lateral, que Delta derruba das dobradiças com a escopeta. Os infiltradores adentram a cozinha deserta.

A liberação de um espaço acompanha uma coreografia formal. É um processo autônomo que não pode nem deve ser interrompido. A equipe avança de cômodo em cômodo, e cada integrante é responsável por um quadrante, conferindo, liberando, seguindo adiante. Villanelle conhece bem essa dança, já ensaiou cada passo no circuito de treinamento na base da Força Delta em Fort Bragg. Os instrutores lá a conheciam como Sylvie Dazat, cedida pelo GIGN, o Grupo de Intervenção da Polícia Nacional francesa, e sua avaliação final a descrevia como alguém que era capaz de aprender com uma rapidez extraordinária e tinha domínio instintivo de armamentos, mas possuía uma personalidade tão antissocial que era inviável para qualquer operação em equipe. A postura hostil tinha sido intencional. Homens se esforçam para esquecer mulheres que não lhes dão confiança; Konstantin lhe ensinara isso. E ninguém em Fort Bragg se lembra de Sylvie Dazat.

Eles estão na antessala agora, cheia de móveis com estofamento exagerado. Na parede, há um quadro imenso de Michael Jackson acariciando um chimpanzé. De algum lugar dentro da casa, eles escutam as batidas abafadas de passos em escadas. Um guarda aparece apontando um fuzil de assalto, e Villanelle o faz rodopiar e cair de joelhos com uma rajada de três tiros da KRISS Vector. Ele oscila por um instante, de olhar vidrado, e cai de bruços. Enquanto ela dispara um tiro duplo na nuca dele, lançando um borrifo de sangue no carpete grosso, Bravo joga uma granada de atordoamento pela porta que leva à área principal da casa.

Um tsunâmi de som atravessa Villanelle, penetrando seu capacete, e Alfa e Bravo passam correndo. Ela e Delta vão atrás, pulando por cima do corpo do guarda, e seus ouvidos apitam. Eles estão em um vestíbulo enorme, encoberto por uma nuvem viscosa de fumaça da granada. Por alguns segundos, o lugar parece vazio, e então começa uma saraivada de tiros de metralhadora, e os infiltradores correm para se abrigar.

Villanelle e Delta se agacham atrás de um sofá Chesterfield grande, forrado de couro turquesa de bezerro. Atrás deles fica a entrada principal, agora aberta para a noite, e a porta pesada balança nas dobradiças. À esquerda, em um plinto de mármore, repousa uma estátua em tamanho natural de uma bailarina vestida apenas com um fio dental. Uma rajada de tiros percorre o sofá, estraçalhando as almofadas. *Se continuarmos aqui*, pensa Villanelle, *vamos morrer. E eu realmente não quero morrer aqui, no meio desta decoração criminosa de tão feia.*

Delta aponta para um espelho de moldura dourada do outro lado do vestíbulo. Nele, uma figura mal aparece atrás de uma escrivaninha grande e rebuscada. Ao mesmo tempo, Villanelle e Delta saem de detrás das duas pontas do sofá. Enquanto ela oferece cobertura, ele descarrega a escopeta na escrivaninha. Pedaços de madeira voam, e um corpo cai com força no chão. Menos cinco. Alguém se mexe no canto do outro lado, e um cano de fuzil aparece por cima de uma poltrona de couro branco. Bravo dispara uma rajada no estofamento, e uma chuva de sangue colore o papel de parede zebrado. Seis.

Agachando-se de novo atrás do sofá, Villanelle troca o carregador e corre para a escada. Ela imagina que os sequestradores restantes estão esperando no andar de cima.

Sobe os degraus devagar e dá uma espiada cuidadosa no andar. Uma figura aparece na porta mais próxima, ela atira, e sua própria cabeça é jogada para trás com tanta força que, por um instante, tem certeza de que levou um tiro. Ela se abaixa, com um apito nos ouvidos, e uma mão em seu ombro a ajuda a se equilibrar. Sua vista fica salpicada de pontos de luz.

— Tudo bem? — pergunta uma voz familiar.

Villanelle gesticula que sim, atordoada demais para perguntar por que Lara está ali, e leva a mão ao capacete. O plástico reforçado está com uma vala profunda; um centímetro mais baixo, e teria sido o crânio dela.

— Vocês dois atiraram ao mesmo tempo — diz Lara. — E a sua sorte foi que ele mirou alto.

O sétimo guarda está caído de costas na porta. O som irregular e arfante da respiração dele indica um tiro no pulmão. Enquanto Villanelle dá cobertura, Lara corre até ele, com uma pistola automática na mão direita.

— Cadê o refém? — pergunta ela, em russo.

O guarda olha para cima.

— No próximo andar?

Um gesto afirmativo extremamente sutil com a cabeça.

— Tem alguém de guarda?

As pálpebras tremem e se fecham.

— Ninguém?

A resposta é um resmungo incompreensível. Lara se aproxima, mas só escuta o chiado no peito dele. Ela aponta a pistola e dá um único tiro entre os olhos.

— O que você está fazendo aqui? — pergunta Villanelle.

— O mesmo que você.

— O plano não era esse.

— O plano mudou. Sou seu reforço.

Villanelle hesita por um instante e, reprimindo as dúvidas, conduz Lara até o fim da escada. No alto, à sua frente, há uma porta. Villanelle pega a câmera de fibra óptica e desliza o cabo de um milímetro entre o carpete e a porta. A pequena lente olho de peixe exibe um cômodo iluminado, ocupado apenas por uma figura amarrada em uma cadeira.

Em silêncio, Villanelle tenta a maçaneta. Está trancada. Um tiro da KRISS Vector estoura a fechadura, ela chuta a porta, e as duas entram de repente no cômodo.

Juntas, elas vão até a figura na cadeira. A cabeça está coberta por um saco preto de tecido, enrijecido com sangue seco.

Por baixo, o rosto de Konstantin está ferido. Ele foi amordaçado, e sua respiração sai trêmula pelo nariz quebrado.

Enquanto Lara remove a mordaça, Villanelle pega a faca e corta as braçadeiras de plástico que prendem Konstantin à cadeira. Ele tomba para o lado, levanta a cabeça coberta de hematomas e sangue, flexiona os dedos inchados e enche os pulmões de ar.

— Eu sei o que você está pensando — diz Lara para Villanelle. — Está pensando que nunca vai estar em segurança enquanto eu viver, porque sei quem você é. Está pensando em me matar.

— Agora seria o momento perfeito — responde Villanelle.

— Você sabe que isso me deixa na mesma situação. Que eu nunca vou estar em segurança enquanto *você* viver.

— Também é verdade.

— Oxana? Lara? — sussurra Konstantin pelos lábios escurecidos com o sangue seco. — São vocês, não são?

As duas mulheres se viram para ele. Nenhuma tira a balaclava.

— Eu não contei nada a eles. Vocês sabem, não sabem?

— Eu sei — diz Villanelle. Ela olha para Lara, repara na tranquilidade falsa da postura dela e na firmeza do dedo apoiado no guarda-mato da pistola.

Os olhos de Konstantin vão para Lara.

— Ouvi o que você falou. Vocês não têm motivo para temer uma à outra.

Lara estreita os olhos, mas não fala nada.

Villanelle apoia o joelho no chão, de modo que seu rosto fique na mesma altura do de Konstantin, e o corpo dele fique entre ela e Lara. Levando a mão às costas, ela tira a Glock do coldre.

— Tem algo que você me falou uma vez — diz ela para Konstantin. — Nunca esqueci.

— O quê?

— Nunca confie em ninguém — diz ela. Apoiando o cano da Glock nas costelas dele, ela aperta o gatilho.

* * *

O acesso à casa dos Cradle parece meio anticlimático. Depois de desativar o alarme com um bloqueador de transmissão, Lance usa um conjunto de chaves mestras para entrar com Billy pela porta da frente. Felizmente, os Cradle deixaram as luzes acesas, para afugentar invasores.

Eve sai com o carro, dá duas voltas na quadra e estaciona embaixo de um poste de luz a cinquenta metros de distância. Sentada no banco do motorista, no escuro, ela é quase invisível, mas consegue ver pedestres e veículos vindo dos dois lados. Ela sabe quem são os Cradle. Já viu Dennis várias vezes na Thames House, e Penny foi a algumas das festas um tanto quanto soturnas que o Serviço se acha obrigado a organizar todo dezembro. Ela tem certeza de que vai reconhecê-los.

Mandou Lance e Billy irem direto para o escritório e se concentrarem nos computadores. É para baixar o que houver em todos os discos rígidos que eles acharem e usar scanners portáteis de laser para copiar qualquer documento que tiver cara de relevante. Os dois parecem ter experiência com invasão domiciliar; talvez seja a isso que Richard Edwards se referia quando os descreveu como "dispostos".

Eve espera no carro, alternando-se entre tédio e uma ansiedade extrema. Depois do que parece um intervalo perigosamente longo, ela vê Billy caminhando tranquilamente pela calçada em sua direção.

— A gente praticamente já acabou — diz ele, acomodando-se no banco do carona. — Lance perguntou se você gostaria de dar uma olhadinha rápida.

Confiança, diz Eve para si mesma. *Pareça respeitável, aperte a campainha, entre pela porta.* Lance abre para ela e lhe entrega um par de luvas cirúrgicas. O hall de entrada é estreito, com piso de porcelanato e detalhes de madeira pintada de branco. Tem uma sala de visitas à esquerda e uma cozinha atrás da escada.

Eve sente o coração pular no peito. Esse ato de invasão tem algo profundamente perturbador.

— Aceita torradas e um Earl Grey? — pergunta Lance.

— Não brinque, estou morrendo de fome — diz Eve, firmando a voz. — O que temos?

— Por aqui.

O escritório de Dennis Cradle é um cômodo pequeno, organizado e um tanto esnobe, com prateleiras e estantes embutidas, uma escrivaninha da mesma madeira clara e uma cadeira ergonômica. Em cima da mesa repousa um computador que parece potente, com um monitor de vinte e quatro polegadas.

— Imagino que Billy tenha revirado isso aí — diz Eve.

— Se tiver alguma coisa nele, a gente pegou. Mais um HD externo e vários cartões de memória que encontramos nas gavetas.

— Tem algum cofre?

— Aqui, não. Pode ser que tenha em algum outro cômodo da casa, mas, mesmo que achássemos, duvido que teríamos tempo de abrir antes que eles voltassem.

Eve balança a cabeça.

— Não, se ele tiver algo que precisamos, vai estar aqui. Duvido seriamente que ele partilharia com a esposa o tipo de informação que estamos procurando.

— Cara sensato — murmura Lance.

Eve o ignora.

— Então, passando os olhos por aqui, o que você vê?

— Sujeito controlador. E eu diria que bem cheio de si.

As fotos, agrupadas na parede atrás da escrivaninha, mostram Cradle com amigos em um refeitório universitário, apertando a mão de um general do Exército americano, pescando salmão em um rio de montanha, posando com a família durante um passeio de férias. As prateleiras contêm uma mistura de livros de suspense, memórias de políticos e títulos relacionados a assuntos de segurança e espionagem.

O celular de Lance vibra.

— É Billy. Os Cradle estão lá fora. Saindo de um táxi. Hora de ir embora.

— Merda. *Merda.*

Lance anda rápido e silenciosamente. Eve vai atrás, e o coração martela tanto que ela acha que vai vomitar. Na cozinha, Lance abre o ferrolho da porta do quintal, dá passagem para Eve e fecha a porta atrás de si sem fazer barulho. Eles agora estão pisando em algo macio, uma espécie de gramado. *Merda.* Por que os Cradle voltaram tão cedo?

— Por ali — diz Lance.

Cercado de arbustos, esse caminho dá na rua. Sem jeito, Eve passa a perna por cima da cerca baixa, rasgando a roupa nos espinhos. Ela se solta desesperadamente, e Lance a acompanha.

— Certo, abaixe-se.

Ele põe a mão nas costas dela, entre os ombros, e empurra. O chão é duro, desnivelado e úmido.

— As luzes — sussurra ela, tentando controlar a respiração. — Deixamos a porra das luzes acesas.

— Elas estavam acesas quando entramos. Calma.

Barulhos irritados emergem da cozinha dos Cradle. Portas de armário batendo. Utensílios sendo jogados em superfícies duras.

— Quando eu falar, vá para a rua — murmura Lance.

— O que a gente está esperando?

— Dennis. Ele ainda está na frente, pagando ao taxista.

Eve torce para Penny continuar na cozinha. Ela não continua. Eve escuta a porta do quintal se abrir e um polegar acender um isqueiro. Pouco depois, ela sente cheiro de fumaça. Penny deve estar a poucos metros de distância. Paralisada pelo medo de ser descoberta, Eve mal se atreve a respirar.

Eles ouvem o som baixo da porta da frente se fechando e o de uma voz masculina. Eve se abaixa mais ainda no chão. O rosto dela está a centímetros do sapato de Lance.

— Olha, desculpa, o.k.? — A voz do homem, muito mais perto agora. — Mas juro que não sei...

— Você não sabe? Bom, para começo de conversa, seu *escroto* condescendente, *nunca* mande eu me acalmar na frente dos nossos amigos.

— Penny, por favor. Não grite.

— Vou gritar quanto eu quiser, caralho.

— Tudo bem, mas não no quintal, sim? Temos vizinhos.

— Fodam-se os vizinhos. — Ela abaixa a voz. — E foda-se você também.

Um silêncio breve, e então algo passa por cima da cerca e cai no cabelo de Eve com um pequeno chiado de brasa. A porta da cozinha se fecha com um estalo, e Eve tenta pegar o cigarro aceso, derretendo a luva de látex e queimando os dedos até finalmente conseguir arrancá-lo do cabelo.

— Vá — murmura Lance.

Com uma careta de dor, Eve o segue até a rua. Parece que ninguém olha quando eles entram no carro, mas ela está feliz de terem usado placas frias.

— Que cheiro é esse? — pergunta Billy, soltando a embreagem.

— Meu cabelo — diz Eve, tirando a luva parcialmente derretida.

— Eita, não vou nem perguntar. Imagino que agora vamos voltar para a Goodge Street, né?

— Billy, não precisamos analisar tudo isso hoje à noite — diz Eve.

— Talvez, mas vamos mesmo assim. Não tem nada passando na TV.

— Lance?

— É, tanto faz.

— Todo mundo gosta de pizza? — pergunta Billy. — Passamos por uma pizzaria na Archway Road.

Já é quase meia-noite quando Eve liga para Niko. Ele está em casa, e os outros dois professores que foram jantar ainda estão lá.

— Niko, olha, sinto muito mesmo por hoje e vou compensar, mas preciso fazer uma pergunta. É importante.

Niko dá um grunhido relutante.

— Preciso da sua ajuda. Você pode vir ao escritório?

— Agora?

— É, precisa ser agora.

— Nossa, Eve. — Ele se cala por um instante. — E o que é que eu faço com Zbig e Claudia?

Ela pensa.

— Eles são bons?

— Como assim, bons?

— Com coisa de TI. Protocolos de segurança. Decodificação.

— Eles são muito inteligentes. Mas agora estão mamados.

— Você confia neles?

— Sim, confio.

Ele parece cansado. Conformado.

— Niko, desculpa. Nunca mais eu peço nada.

— Vai pedir, sim. Diga.

— Peguem um táxi e venham aqui. Vocês todos.

— Eve, você está esquecendo que eu não sei onde fica "aqui". Não sei mais de nada.

— Niko...

— Diga logo.

Quando Eve desliga o telefone, os outros estão olhando para ela. Billy está com as mãos paradas por cima do teclado.

— Tem certeza de que é uma boa ideia? — pergunta Lance.

Ela o encara.

— Já olhamos tudo no HD externo, nos cartões de memória e tudo o que baixamos do computador dele, e não tem nada suspeito. Só falta esse arquivo bloqueado, e meu medo é que, se não conseguirmos abri-lo, tudo o que fizemos hoje não vai servir de porra nenhuma. Dennis Cradle é das antigas do MI5. Ele não é especializado em tecnologia, mas sabe criar uma senha de entropia alta. O ataque de força bruta de Billy não está adiantando. Precisamos de mais cabeças para isso, e tenho autorização de Richard para usar consultores externos, se necessário.

— Então quem são essas pessoas? — pergunta Lance.

— Meu marido nasceu na Polônia e já foi campeão de xadrez. Ele é professor de matemática, mas é um hacker bem bom. Zbigniew é um amigo, pesquisador de clássicos, e Claudia é namorada de Zbig. É psicopedagoga. Eles são inteligentes.

— E o sigilo oficial?

— Só vamos pedir para eles nos ajudarem a decifrar uma senha. Mais nada. Não vamos dar nomes, nem contexto, nem mostrar o que encontrarmos no arquivo.

Lance dá de ombros.

— Por mim, tudo bem, eu acho.

— Billy?

— É. Idem.

— Então você teria me matado? — pergunta Villanelle.

— Era a minha ordem — diz Lara. — Se você não acabasse com Konstantin, eu deveria matar você e depois ele. Ele estava comprometido.

— Ele não teria contado nada.

— Você sabe disso, e eu sei disso. Mas não é teoricamente impossível, então ele tinha que morrer, e você tinha que matá-lo, e eu era o reforço. É assim que eles atuam, nossos empregadores.

— Você não respondeu à minha pergunta. Você teria me matado?

— Teria.

Elas estão deitadas, nuas, na cama dobrável do Learjet. Estão cheirando a suor, sexo e resíduo de pólvora. Em quarenta minutos, vão aterrissar no aeroporto Vnukovo, a sudoeste de

Moscou. Lara vai desembarcar, e Villanelle continuará viagem até Paris via Annecy Mont Blanc e Issy-les-Moulineaux. Não vai haver registro oficial algum de sua entrada na França, assim como não houve quando ela saiu.

Ela acaricia a nuca de Lara. Sente as pontas do cabelo curto dela.

— Você foi bem hoje. Aquele tiro na cabeça do cara que estava correndo foi perfeito.

— Obrigada.

— Você quase o decapitou.

— Eu sei. Aquele Lobaev é um sonho. — Delicadamente, ela prende o lábio superior de Villanelle entre os dentes e o explora com a língua. — Eu amo sua cicatriz. Como você fez?

— Não tem importância.

— Eu quero saber — diz Lara, colocando a mão entre as pernas de Villanelle. — Pode me contar.

Villanelle começa a responder, mas sentindo os movimentos escorregadios dos dedos de Lara dentro de si, arqueia as costas e geme, e a pulsação de seu corpo se funde à vibração das turbinas do Learjet. Ela visualiza a aeronave atravessando a noite e as florestas russas na escuridão abaixo. Pegando a outra mão de Lara, ela enfia o dedo do gatilho na boca. Tem gosto de metal e enxofre, como a morte.

Eve recebe Niko e os amigos dele na frente da estação de metrô da Goodge Street. Niko apoia a mão no braço dela, um gesto tenso e constrangido, e ela sente o cheiro do licor de ameixa em seu hálito. Zbig é inquieto, corpulento e está nitidamente bêbado, e Claudia parece fria e evita olhar para Eve. Ao vê-los, Eve sente o otimismo se esvair.

No escritório, Lance fez chá e, depois de perceber a expressão de Claudia, saiu para fumar. A temperatura está caindo. Eve arruma cadeiras para todo mundo.

— Então, o que podemos fazer para ajudar? — pergunta Claudia, com o rosto inexpressivo, segurando firmemente a gola do casaco.

Eve olha para os rostos reunidos.

— Precisamos decifrar uma senha.

Niko olha para Billy.

— Vida ou morte, imagino.

— Pode-se dizer que sim.

— Então o que vocês estão tentando?

— Agora, uma série de ataques de dicionário. Se não der certo, vou tentar uma tabela arco-íris. Mas isso vai levar algum tempo.

— O que não temos — diz Eve.

Claudia franze o cenho, ainda mantendo a gola bem fechada.

— Quanto vocês sabem do dono da senha?

— Um pouco.

— Acham que é possível a gente adivinhar?

— Acho que podemos fazer uma boa tentativa.

Claudia olha para Zbig, que dá de ombros e assopra o vapor do chá.

— Fale como é esse cara — diz Niko.

— Inteligente, meia-idade, alto nível de instrução... — começa Eve. — Entende de informática, mas não é nenhum gênio. No trabalho, ele mandaria alguém cuidar de questões relacionadas a computadores e segurança de rede. Mas o arquivo que precisamos abrir estava escondido no computador da casa dele, então provavelmente foi ele que pôs a senha.

— Estava bem escondido? — pergunta Claudia.

— Billy?

— Um executável .bat. Não é completamente amador.

— Meu instinto sobre esse cara — diz Eve — é que ele se considera esperto o bastante para criar uma senha indecifrável. Ele deve ter pesquisado sobre coisas como entropia de informações...

— Como o quê? — pergunta Zbig.

Niko esfrega os olhos.

— A força de uma senha é medida em termos de bits de entropia, que representam o logaritmo na base 2 do número de palpites que seriam necessários para decifrá-la.

Zbig o encara.

— Desculpa... *Hein*?

— Você não precisa saber disso tudo — diz Claudia. — O que Eve está falando é que nosso alvo é esperto o bastante para saber que a senha precisa ser obscura, precisa ser longa e precisa incorporar tipos variados de caracteres.

— Ele é arrogante — diz Eve. — Não vai ser algo aleatório. A senha vai ter algum significado para ele. Algo que ele ache que ninguém jamais imaginaria. E eu seria capaz de apostar que deve ter alguma pista visível no escritório dele. Foi por isso que Billy fotografou tudo que havia na mesa, nas paredes e na estante de livros. Só precisamos ser mais espertos que ele.

Lance ressurge, cheirando a cigarro, e Billy espalha as folhas A4 das imagens. Uma foto da escrivaninha mostra o computador de Cradle, o telefone fixo, uma luminária Anglepoise, um rádio portátil e um binóculo, além de bustos em miniatura de Mao Tsé-tung e Lênin.

— *Kitsch* comunista — murmura Niko. — Babaca.

As fotos dos livros mostram exemplares de *Hamlet*, de Shakespeare, *O príncipe*, de Maquiavel, e *América debilitada*, de Donald Trump, e suspenses políticos de John le Carré e Charles Cumming, memórias de David Petraeus e Geri Halliwell e duas prateleiras com livros sobre espionagem.

Outras fotos exibem os retratos na parede do escritório. Os alunos no refeitório universitário, Cradle apertando a mão de um general americano de quatro estrelas, a pesca de salmão, as férias da família.

— Lembrem — diz Eve, enchendo a chaleira de novo para preparar mais chá. — A palavra ou expressão que precisamos achar pode ter até trinta caracteres. Pensem em citações. Esse pessoal de escola pública, que nem Cradle, adora citações; é um jeito de exibir toda a erudição dele.

Passa-se uma hora, marcada por rompantes de conversa especulativa, sons de teclado e o ronco do trânsito noturno na Tottenham Court Road. Lance sai para fumar de novo. Passa-se outra hora. Ressacas começam a bater, rostos assumem expressões de derrota, e Zbig resmunga em polonês.

— O que ele falou? — pergunta Eve a Niko.

— Que isto é tão divertido quanto trepar com um porco-espinho.

— Bom, é, vamos fazer uma pausa e ver em que pé estamos. — Ela se levanta e olha para os outros. — Posso ver quais são seus melhores palpites até agora? Temos três chances de acertar a senha sem travar o sistema, então precisamos ter bastante certeza antes de arriscar. Niko, quer falar primeiro?

— Certo. Meu melhor palpite é algo baseado em "Eu acho que parece uma doninha".

— Não entendi — diz Eve.

— É uma citação — explica Niko. — De *Hamlet*. Tem um exemplar de *Hamlet* na estante.

— E daí?

— Existe também um experimento matemático de Richard Dawkins chamado Programa Doninha. Ele se baseia na teoria de que, não havendo restrição de tempo, um macaco que apertasse teclas aleatórias em uma máquina de escrever poderia produzir as obras completas de Shakespeare. Dawkins diz que, mesmo se for considerada só a frase "Eu acho que parece uma doninha", e se o teclado for limitado a vinte e seis letras e uma barra de espaço, um programa veloz de computador ainda levaria mais tempo do que a existência do universo para gerar a frase correta, visto que são...

— Vinte e sete elevado a vinte e oito combinações possíveis — diz Billy.

— Exatamente.

— Nosso indivíduo saberia dessa história de doninha? — pergunta Claudia.

— Não tem motivo para não saber — diz Eve. — E *Hamlet* definitivamente parece fora de lugar nessa estante. Algo mais, Niko?

Ele balança a cabeça.

— *Scream If You Wanna Go Faster*? — sugere Claudia.

— Isso não é de *Hamlet* — diz Zbig.

— Engraçadinho. Não, é o segundo disco de Geri Halliwell. Comprei quando tinha dezesseis anos. Eu gostava de cantar "It's Raining Men" com a escova de cabelo na frente do espelho do banheiro.

— Zbig?

— Que tal *O amante ingênuo e sentimental*? É um dos livros de Le Carré.

— Esse é bom — diz Eve. — Consigo imaginar nosso cara usando isso. Mais alguma ideia, pessoal?

— Não gostei de nenhuma — diz Billy.

— Algum motivo específico? — pergunta Claudia, fechando os olhos e abaixando a cabeça.

— Elas só parecem erradas — diz Billy.

— Você não acha que vale a pena tentar alguma? — pergunta Eve. — Em nenhum formato?

Billy dá de ombros.

— Não se só temos três tentativas antes de o sistema travar. Ainda não estamos lá.

— Lance?

— Se Billy diz que ainda não estamos lá, é melhor continuarmos procurando.

— Sinto muito, pessoal — murmura Eve. — Vocês devem estar exaustos.

Claudia e Zbig se entreolham, mas não falam nada.

— Aquelas imagens — diz Niko. — Embaralhe as folhas e espalhe tudo de novo.

Eve obedece, e eles ficam olhando os papéis A4 em silêncio. Passa um minuto, e outro. E então, ao mesmo tempo, como se por telepatia, Claudia e Niko colocam o dedo na mesma folha. É uma foto de Penny Cradle com as crianças, Daniel e Bella, em uma praça enorme na frente de uma construção antiga com colunas. Penny está com um sorriso meio rígido, e as crianças estão ocupadas, tomando sorvete. No canto inferior direito da foto, alguém, provavelmente Cradle, escreveu "Estrelas!".

— O quê? — diz Eve.

— Não o quê. Por quê? — responde Claudia, e Niko sorri.

— Não pesquei — diz Eve.

— Por que esta foto? — diz Niko. — Todas as outras são fotos de ostentação, escolhidas para servir de prova da importância e do sucesso desse cara. Os conhecidos poderosos, as férias longas e caras, a pesca de salmão, todo o resto. Mas esta é só... Sei lá. A mulher parece estressada, as crianças parecem entediadas. Por que ele as chama de estrelas? Por que essa foto está aí?

Todo mundo se aproxima.

— Espere aí — diz Zbig, em voz baixa. — Espere aí, cacete...

— O que foi? — pergunta Eve.

— Essa praça é em Roma, e a construção atrás deles é o Panteão. Não dá para ver aqui, mas na frente tem uma inscrição. *Marcus Agrippa, Lucii filius, consul tertium fecit.* Marco Agripa, filho de Lúcio, construiu isto quando foi cônsul pela terceira vez.

— E?

— Espere até ver como isso está escrito de fato. Billy, pode pesquisar no Google "inscrição no Panteão" e imprimir uma imagem?

Eve pega a folha de papel assim que ela sai da impressora a laser. Embaixo do frontão, a inscrição pode ser lida claramente:

M·AGRIPPA·L·F·COS·TERTIVM·FECIT

— Isso sim parece uma senha.

Eve assente.

— Billy?

— Eu gosto. Entropia bem alta.

— Então vamos tentar.

Barulho de teclas.

Acesso negado.

— Tente só com as letras, sem os espaços — sugere Eve.

Billy tenta, e dessa vez Niko vira o rosto, e Zbig solta um palavrão em polonês.

Eve encara a tela com olhos exaustos. Ela olha de novo para a imagem impressa, com a praça ensolarada e a família, e algo, aos poucos, se encaixa.

— Billy, na primeira tentativa, você usou letras maiúsculas e pontos, não foi?

Ele faz que sim.

— Mas se você olhar para a inscrição, não são pontos. São símbolos para marcar o fim das palavras, de modo que a inscrição fique legível.

— Eh... Certo.

— Então tente de novo, mas no lugar dos pontos use asteriscos.

— Tem certeza?

— Pode fazer — diz Eve.

Teclas batidas, e silêncio.

— Santo Cristo — murmura Billy. — Abriu.

No salão de moda na Rue du Faubourg Saint-Honoré, a expectativa não para de crescer. Como todo desfile de alta-costura já realizado, este está atrasado. Ninguém comete a gafe de expressar entusiasmo, mas há uma ansiedade nas risadas contidas, nos olhares irrequietos e no toque delicado de unhas feitas na tela de iPhones. Villanelle fecha os olhos por um instante, ignorando a multidão à sua volta — as socialites vestidas cheias de luxo para as câmeras da imprensa, os profissionais da moda em tons de preto —, e inspira a fragrância inebriante da riqueza. O aroma de lírios, fúcsias e angélicas dispostas dos dois lados da passarela, e entremeado nisso, o cheiro de perfumes de marca — Guerlain, Patou, Annick Goutal — em pele quente. E em destaque o odor mais marcante do suor que confere um brilho sutil à testa de um público que está esperando, em cadeiras douradas pequenas demais, há mais de quarenta minutos.

Distraída, Villanelle estende a mão e pega um *macaron* Ladurée sabor de pétalas de rosa, na caixa que está no colo de Anne-Laure. Quando ela fecha os dentes na crocante carapaça externa, as luzes se apagam, os trinidos resplandecentes de uma cantata de Scarlatti preenchem o ar, e a primeira modelo aparece na passarela, vestida com um casaco longo de seda amarelo-açafrão. Ela é deslumbrante, mas Villanelle não chega a reparar.

O que aconteceria, pensa ela, se Lara Farmanyants anunciasse que Oxana Vorontsova está viva? Será que alguém acreditaria, ou daria a mínima? Quem era Oxana Vorontsova, afinal? Uma estudante maluca que matou três gângsteres em um bar de Perm e depois supostamente se suicidou na cadeia. Notícia antiga, há muito esquecida. A Rússia é um manicômio hoje em dia, e tem gente sendo assassinada o tempo todo. Por que Lara falaria? Para quem ela diria?

Na passarela, terninhos meticulosamente cortados dão lugar a blusas cruzadas bordadas e tutus rosa-claro. Anne-Laure dá um suspiro de admiração, e Villanelle pega outro *macaron*, agora um sabor de chá Marie-Antoinette.

O problema não é quem ficaria sabendo, ou quem daria a mínima. O problema é que, se qualquer elemento da lenda de Villanelle correr o risco de se revelar — se houver uma única ponta solta sequer —, ela vai se tornar um perigo para os Doze. E se isso acontecer, ela morre. O que a traz de volta à necessidade de matar Lara. Mas ela conseguiria se safar? Os Doze têm gente em todos os cantos. Ela poderia falar com Anton, mas não confia totalmente nele, e é bem possível que ele decida que é ela, não

Lara, quem precisa ser eliminada. Além do mais, ela tem que admitir que ficou abalada por Lara, com aquele olhar firme de atiradora de elite e o corpo rígido e eficiente. Está excitada pela força de sua necessidade.

Uma sarabanda de Händel. Vestidos de festa prateados, enrolados como pétalas fechadas em volta do corpo esbelto das modelos. Vestidos de gala azul-escuros, bordados com galáxias de estrelas de brilhantes.

Matar Konstantin foi ruim. O vazio repentino atrás dos olhos dele. Foi por alguma consideração perversa que Anton a fez viajar meio mundo para matá-lo? Ou foi para passar algum recado brutal sobre a realidade da situação de Villanelle?

O mais preocupante é o fato de que a crise em Odessa tenha chegado a acontecer. Ela revela que, embora a organização que a emprega seja perfeitamente capaz de resolver seus problemas, está também sujeita a erro. Konstantin sempre passou a impressão de que, trabalhando para os Doze, ele e ela faziam parte de algo invisível e invulnerável. Esse episódio demonstrou que, apesar de todo o alcance e poder, a organização pode ser ferida. Apesar do calor no salão, Villanelle estremece.

As luzes ficam mais suaves. O desfile passou para o quarto, para um final sonhador em que as modelos deslizam e caminham em delicadas camisolas, finos négligés e cintilantes robes de organza. O estilista sai para a passarela, joga beijos para o público e é recebido por salvas de aplausos. As modelos recuam, e garçons circulam com bandejas.

— Então, viu alguma coisa? — pergunta Anne-Laure, dando a ela uma taça de champanhe rosé Cristal. — Você parecia estar a mil quilômetros de distância.

— Desculpe — murmura Villanelle, fechando os olhos enquanto o champanhe gelado desce pela garganta. — Estou um pouco avoada. Não dormi direito.

— Não me diga que você quer ir para casa, *chérie*. Temos a noite inteira pela frente, começando com uma festa nos bastidores. E tem dois homens muito bonitos ali olhando para nós.

Villanelle aspira o ar perfumado. O champanhe fez seu corpo formigar. A exaustão se dissipa, e junto vão, por enquanto, as dúvidas e os medos das últimas vinte e quatro horas.

— Tudo bem — diz ela. — Vamos nos divertir.

— Então — diz Richard Edwards. — Dennis Cradle. Você tem certeza disso? Porque, se estiver enganada... Se *nós* estivermos enganados...

— Não estamos — diz Eve.

Eles estão sentados na Mercedes de trinta anos de Edwards, em um estacionamento subterrâneo no Soho. O interior azul--acinzentado está desgastado, mas é confortável, e os vidros abertos deixam entrar um vago cheiro de escapamento.

— Explique de novo.

Eve se inclina para a frente.

— Partindo de informações que recebemos de Jin Qiang, que com quase toda a certeza sabe mais do que nos disse, investigamos um pagamento grande feito por indivíduos desconhecidos a uma conta no golfo Pérsico que pertence a um tal Tony Kent. Acontece que Kent é conhecido de Dennis Cradle, e quando fizemos uma busca extraoficial na propriedade de Cradle, descobrimos um arquivo protegido, escondido no computador dele. Quando deciframos a senha e o abrimos, descobrimos detalhes de uma conta bancária nas Ilhas Virgens Britânicas, em nome de Cradle. Descobrimos também que uma quantia de mais de doze milhões de libras foi depositada recentemente nessa conta, por Tony Kent, a partir da conta que ele controla no First National Bank de Fujairah. Eu diria que é uma informação conclusiva o bastante para agirmos.

— Então você quer prender Cradle?

— Proponho que tenhamos uma conversa discreta com ele. Não mencionamos essas contas e transações para ninguém... Receita, polícia, nada. Deixamos tudo quieto. Mas cooptamos

Cradle. Ameaçamos com exposição, constrangimento, prisão, o que for preciso, e extraímos tudo dele. Se nos ajudar, se aceitar atuar contra seus financiadores, ele pode ficar com o dinheiro. Se não, nós o jogamos no fogo.

Edwards franze a testa, batucando de leve no volante com a ponta dos dedos.

— Se você tiver razão quanto ao pessoal que lhe está pagando...

— Eu tenho.

Ele fica olhando para as paredes de concreto do outro lado do para-brisa e para o teto rebaixado com sprinklers.

— Eve, preste atenção. Essa história já tem muita gente morta. Não quero que você e Dennis Cradle aumentem a conta.

— Vou tomar cuidado, prometo. Mas eu quero essa mulher e vou encontrá-la. Ela matou Viktor Kedrin debaixo do meu nariz, matou Simon e matou sabe Deus quantas outras pessoas.

Ele assente, com uma expressão grave.

— Alguém precisa detê-la, Richard.

Richard fica em silêncio por um instante e então suspira.

— Tem razão. É verdade. Vá em frente.

Quando Eve chega em casa, Niko está sentado à mesa da cozinha, fazendo contas em um caderno. A mesa está cheia de peças elétricas e ingredientes culinários. Ele parece cansado.

— Então — diz ele, cuidadosamente. — Vocês encontraram o que estavam procurando naquele arquivo?

— Sim — diz ela, dando um beijo no topo da cabeça dele, deixando-se cair em uma cadeira ao seu lado. — Encontramos. Obrigada.

— Excelente. Pode me passar aquele béquer de vidro?

— O que exatamente você está fazendo?

Ele prende dois fios a um multímetro com garras jacaré, e a agulha começa a balançar freneticamente.

— Estou fazendo uma célula de combustível com catalisador enzimático. Se eu conseguir, vamos poder carregar nossos celulares com açúcar de confeiteiro.

— Desculpe por ter andado tão distante, Niko. Sério. Quero dar um jeito de compensar.

— Parece promissor. Será que você pode começar colocando a água para ferver?

— É para um experimento?

— Não. Pensei em fazer um chá para a gente. — Ele se endireita na cadeira e estica os braços. — Acabou, então, aquele projeto em que você estava trabalhando?

Por trás dele, Eve tira a Glock 19 do coldre na cintura e guarda na bolsa.

— Não — diz ela. — Está só começando.

1ª EDIÇÃO [2020] 1 reimpressão

ESTA OBRA FOI COMPOSTA PELA ACOMTE EM CAPITOLINA E IMPRESSA PELA GRÁFICA SANTA MARTA EM OFSETE SOBRE PAPEL PÓLEN SOFT DA SUZANO S.A. PARA A EDITORA SCHWARCZ EM ABRIL DE 2022

A marca FSC® é a garantia de que a madeira utilizada na fabricação do papel deste livro provém de florestas que foram gerenciadas de maneira ambientalmente correta, socialmente justa e economicamente viável, além de outras fontes de origem controlada.